幸福の手紙

新装版

内田康夫

実業之日本社

カバーデザイン／鈴木正道（Suzuki Design）
カバーイラストレーション／井筒啓之

幸福の手紙／目次

幸福の手紙 関連地図

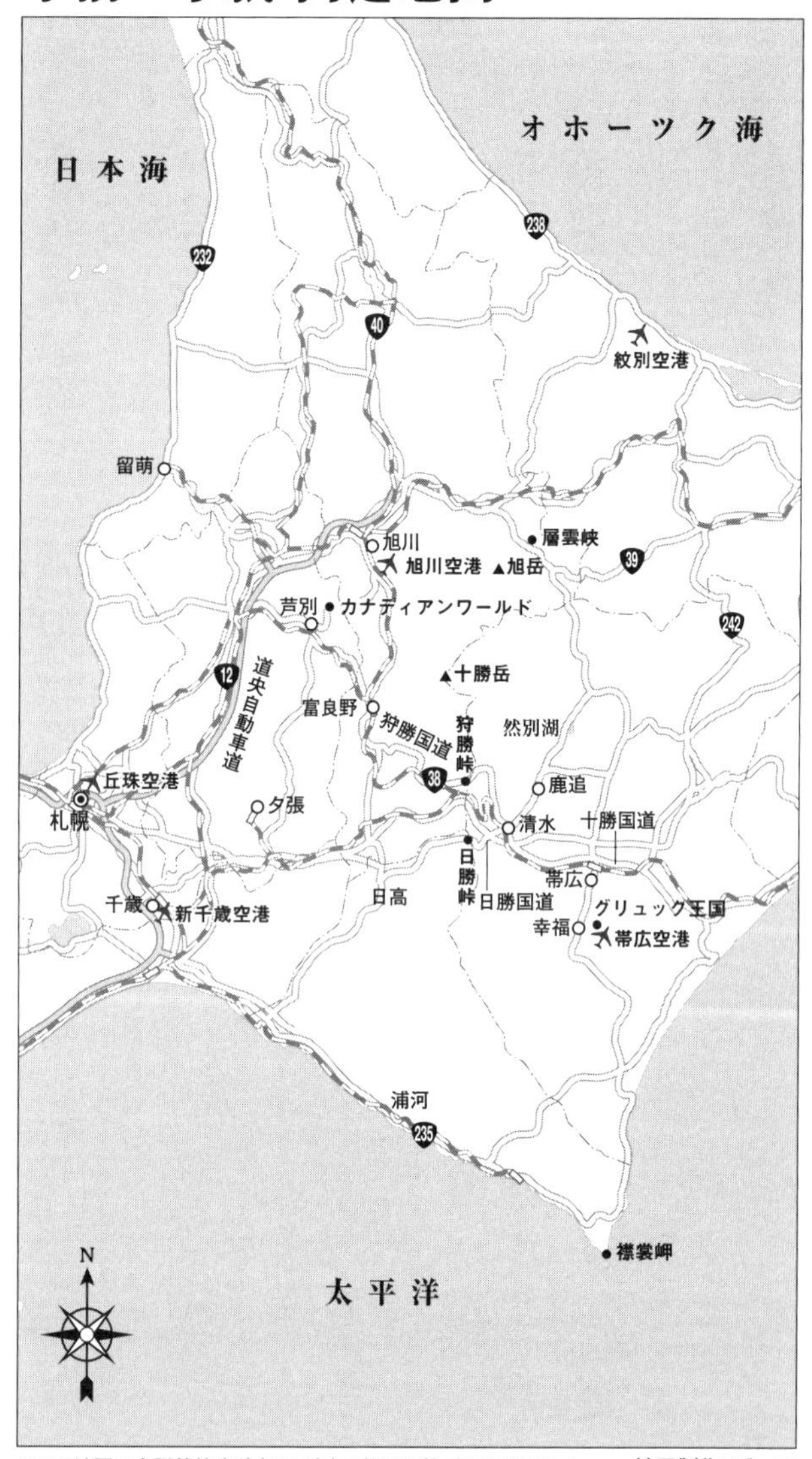

※この地図は小説執筆当時（1994年）の状況に基づき作成しました。　　地図製作/ジェオ

プロローグ

帰宅すると、ドアの後ろの郵便受に、夕刊と一緒にその葉書が入っていた。

拝啓　この手紙は「不幸」という名の死に神です。どこからともなく、私のところにやってきました。これとそっくり同じ文面の手紙を、十日以内に七人に宛てて送りなさい。絶対に止めてはなりません。その運命に逆らって、手紙を出さなかった者は、死か、それに等しい不幸に襲われました。

警告します、これはいたずらではありません、本物の不幸の手紙です。

重苦しい文面を象徴するような、ペン字縦書きのきちんとした楷書文字である。おそらく、七人の相手に同じ文面の葉書を発送しているのだろうけれど、その割には丁寧に書いているところをみると、この葉書の主はたぶん律儀な性格にちがいない。

「不幸の手紙」というのがあることは聞いていたが、実物を手にしたのは典子はこれが初めてだった。「本物の不幸の手紙」という言い方が、なんだかおかしな感じだが、それ以上に不愉快な気分であった。おしつけがましい大嫌いなタイプの男に、「おまえを幸福にできるのは、おれだけだ」と迫られるような、虫酸が走るおぞましさだ。

すぐに裏返して表書きを見た。宛て名はまぎれもなく「中村典子」だが、当然のことのように差出人の名前も住所もなかった。消印は「中央」になっている。中央郵便局は東京駅の真ん前、文字どおり東京のど真ん中にある郵便局で、居住者は少ないが、毎日何十万人という人口が都内や近県から流入してくる地域だ。地方から上京する旅行客の多くも、東京駅を通過するだろうし、官庁や商社などを訪れる人々も膨大な数にのぼる。

　要するに、この葉書を取り扱った郵便局のセンから差出人を特定することなど、到底不可能に近い。

「卑怯者！」と、典子は口に出して罵った。マンションの独り住まいだから、誰に聞きとがめられるわけでもないのだが、言ってから無意識に周囲を見回していた。何だか死に神に監視されているような気分がした。

　もっとも、この葉書を出した人物だって、どこからともなく舞い込んだ葉書を手にした時には、典子と同じ気持ちだったことだろう。身に降りかかった「不幸」を、いますぐにでも他人に押しつけてしまいたい心境になったとしても、あながち責めるわけにはいかない。

　正直なところ、典子自身、そうしたい衝動にかられたのだ。こんなもの——と思いたいし、実際、取るに足らぬタチの悪いいたずらといえばいえるが、何か、正体不明の不気味さが、この葉書にはある。ちょうど、トランプのババぬきのように、摑んだババを一刻も早く他人の手に渡してしまいたい、あの素朴な恐怖感に似ている。

（それにしても、誰かしら？——）

　典子は知っているかぎりの「知人」の顔を思い浮かべようと試みた。小学校から大学にかけての友人や同窓生、親類縁者、近所付き合いの人々、会社関係の同僚、上司、取引先……と数え上げれば際限がないが、その中の誰かが差出人である可能性が強いことは事実だ。

　いずれにしてもこっちの住所を知っているのだから、ぜんぜん関係のない人間の仕業とは考えられない。単に住所を知っている――たとえば、電話帳を利用するとか、ダイレクトメール業の関係者が、手持ちのデータを利用した――といったようなこともあり得ないわけではないけれど、闇雲に見ず知らずの相手に手紙を発送するのでは、この得体の知れぬ強迫観念から抜け出すことはできないような気がする。

あらためて葉書の文面を眺めた。職業柄、典子も筆マメなほうだが、手紙を書くときはボールペンか、製図用のロットリングペンか、サインペンを使う。インクのペン字で書いたのは、中学に入った時、父親からのお祝いでもらった万年筆をしばらく使った記憶があるくらいで、とにかくずいぶん昔のことだ。ダークレッドの地色の金のストライプが入った、きれいなペンで、けっこう気に入っていたのだけれど、あれはどこへいってしまったんだっけ――そう思って眺めると、ブルーブラックのインクで綴られた文字が、ほろ苦く懐かしい記憶を呼び覚ますような気がしてきた。

どうしよう――と、テーブルの上の「不幸の手紙」を見下ろしながら考えた。恐怖と誘惑に負けて、相手構わず七人の知り合いに葉書を出して、不幸を押しつけてしまうのがいちばん簡単だが、そんなことは典子の主義としてできない。

かといって、まったく無視するのも勇気のいることだ。結果として、「止める」にしても、自分が納得できるだけの理由づけが欲しかった。

「十日以内か……」

文面を確かめて、典子は呟いた。急ぐことはない――という気持ちと、十日間もこんな厄介な物を放置しておく憂鬱とが交錯する。しかし、どっちにしても、いますぐ処理しなければならない問題ではない。何日か経てば考え方も変わるかもしれなかった。

典子は葉書を壁の目につく場所にピンで止めた。
思いきり憎しみを込めて、ピンを突き刺した。

第一章　井の頭公園殺人事件

1

昼休みに同僚と外に出て、ランチを食べて戻ってくると、砂川編集長がデスクから手招きして、「ノリピー、悪いが今晩、熱海へ行ってくれ」と言った。「ノリピー」はアイドルタレントの愛称だが、いまは彼女の人気同様、あまり流行らなくなっている。典子がこの編集部に配属になったころ、人気はすでに下り坂だったのに、砂川だけがその愛称で呼ぶようになって、迷惑なことに、それがいまだに後を引いていた。

「ホテルニュータカオのお披露目会があるのを、すっかり忘れていた」

砂川は言いながら、机の上の資料の束を鷲掴みにして差し出した。リーフレットの表紙には「静岡県熱海市ホテルニュータカオ・ハーブ庭園　報道関係者御招待」と印刷されている。

「いきなりそう言われても困りますよ」

典子は両手を後ろに回して、受け取り拒否を表明した。

「今夜はトッパンに原稿を渡す予定がありますし。デートの約束だって……」

「トッパンは誰かに代わってもらえばいいじゃないか。デートの約束なんてあるはずがない。とにかくきみに行ってもらうしかないのだ」

『ゴールデンガイド情報版』編集長の砂川は強引なことで有名だが、この男がいったんそう言い出したからには、それはもう決定事項と考えるほかはない。

「どうしても私でなきゃだめなんですか？」
「ああそうだよ。ただでさえ人出が足りないっていうのに、高野女史は産休だし、佐藤はモスクワへ行ったきり、帰ってこやしない。まあ大して大きなイベントじゃなさそうだが、ゴールデンガイドから一人も出ないってわけにはいかないからね」

　旅行案内書『ゴールデンガイドブックス』は実業書院のドル箱といっていい。この手の刊行物の中では絶対的な歴史と内容を誇っている。北海道から沖縄にいたる、国内のありとあらゆる観光地を網羅して、交通機関、宿泊施設、見どころなどはもちろん、その土地の歴史や風土、文学、芸術にまで細かく言及した案内書は、他に例を見ない。

　そのほか、若者向けのバージョンとして、いくぶん簡略化した『ゴールデンガイドパック』、宿泊施設案内を中心に編纂した『ゴールデンガイドL』、ドライバーに便利な『ゴールデンガイド・ドライブ』、旨い物の店を紹介する『ゴールデンガイド・グルメ』、タイムリーな旅行情報を満載した雑誌タイプの『ゴールデンガイド情報版』といった姉妹書を数多く刊行している。

　『ゴールデンガイドブックス』は昭和三十六年の創刊だが、当初は、その土地その土地の特徴や交通機関、観光の見どころ、宿泊施設、名物といったものを、ごく素朴に紹介・列記したような内容だった。それでも、旅行案内書としては画期的な出版物として迎えられたものである。

　当時は戦後十数年、日本が復興の苦難を乗り切って、ようやく物心両面で余裕が生まれた時代である。三年後には東京オリンピックを控え、人々の関心がそろそろ本格的なレジャーに向かって動きだそうとしていた。まだ外国旅行などはおよびもつかないが、国内旅行は活発に行われ、東海道新幹線、東名・名神高速道路の開通も見えてきたころのことだ。そんな中、『ゴールデンガイドブックス』の出版は、まさに時宜を得たものといってよかったろう。

もちろん、典子が生まれるはるか以前の話だが、入社して何年目か、創刊三十周年のときに、当時、編集に携わったOBの思い出話を聞いて、その歴史を受け継いでいることに、いっぱしドライなつもりでいる典子でさえ、そこはかとない感動を覚えた。

とはいえ、旅行ブーム、レジャーブームの波が何度も繰り返された中で、同種のガイドブックは、それこそ雨後の竹の子のように生まれ、書店の棚で妍を競いあった。

これまで蓄積されたデータやノウハウのお蔭で、内容のボリュームからいえば、他に絶対ひけを取らない自信のある『ゴールデンガイドブックス』だが、後発各書はオフセット技術を駆使したカラフルなページやイラストで、若いユーザーの目を引いた。短小軽薄を地でゆくような、まるで広告そのもののようなオーバーな表現で、観光地の紹介をしているものすらある。公平に見て、内容はずいぶんお粗末なものだが、それにもかかわらず、現地の写真や正確な記述を、生真面目に掲載する『ゴールデンガイドブックス』のほうが、妙に見劣りする印象すら与えた。

そこで、典子が入社した五年前ごろから、『ゴールデンガイドブックス』の大幅なリニューアルが行われた。全ページがカラー印刷になり、記述内容も現代感覚にマッチするように見直され、若者向きに『ゴールデンガイドパック』も刊行された。

編集方針上の大きな変化は、従来からある名所旧跡や観光施設よりも、むしろ新しく誕生したテーマパークやイベント施設などの紹介に力点を置いたことにある。

　村おこし町おこしブームにバブル景気が拍車をかけるかたちで、各地に巨大なテーマパークが生まれた。東京ディズニーランドの大成功が引き金になったともいえるが、長崎のオランダ村、ハウステンボス、日光江戸村、千葉のスキードーム「ザウス」、横浜の八景島シーパラダイス、志摩スペイン村、宮崎のフェニックスリゾート「シーガイア」、有田ポーセリンパーク、帯広（おびひろ）のグリュック王国……と、数え上げたらきりがない。

　そういった施設が誕生するごとに、主催者は報道関係者を招いてお披露目を行う。施設の大小にもよるが、たとえば東京ディズニーランドの場合などは報道関係ばかりでなく、政治家から財界、文化人等々、一万人を超える招待客が集まったといわれている。テーマパークともなると、最低のクラスでも、およそ一千人程度は集めるらしい。

　熱海の「ホテルニュータカオ・ハーブ庭園」は、それら大型のテーマパークのようなケースとは異なり、いわばホテルの付帯施設ということだから、比較にならないごく内輪のお披露目会になるだろう。それでも、ニュータカオは熱海最大のホテルだ。少なく見積もっても、報道関係者が五、六十人程度は招かれていると考えられる。

　熱海駅で新幹線を降りると、駅前にホテルのマイクロバスが待っていて、ほかの宿泊客と一緒に運んでくれた。

　ホテルは錦ケ浦（にしきがうら）の突端に近いところにある。海面ぎりぎりから断崖（だんがい）と同じくらいの高さにそそり建つ巨大な建物だ。広いロビーの入口近くに設けられた受付には「ＰＲアバウト」の市岡（いちおか）が何人かの部下を引き連れて詰めていた。ＰＲアバウトはあちこちの観光地の大型ホテルやイベントハウスの広報を請け負う会社で、市岡はそこの中堅幹部といったところらしい。典子に招待客のためのリボンを渡しながら、「きょうは中村さん一人ですか?」と意外そうな顔をした。

「私一人ではご不満でしょうか」

典子は少し虫の居所が悪かったから、つっけんどんな言い方をした。

「いや、そうじゃないですがね。いつも高野さんか佐藤さんと一緒だったから」

「高野は産休だし、佐藤はモスクワへ行ったきりです」

砂川編集長の口真似で言った。

「あ、そうなの、道理でしばらく見ないと思ったが……あの高野さんがねえ……」

市岡の「あの」という接頭語には、高野清子に対する一種の思い入れのようなものがあるのを感じた。仕事と遊びが人生そのもののような彼女に、子供を産む意志と能力が備わっていたとは、典子はもちろん、会社中の人間にとって、本年度随一の衝撃的な事件だった。この業界は狭いから、市岡だって同じ思いにちがいない。

その高野清子の産休のおかげで、典子が第一線に駆り出されるチャンスが増えた。

観光地やイベントの取材なんて、先方があらかたお膳立てをしてくれるから、ずいぶん簡単そうだが、これで結構、気苦労が多いものである。とりわけ、女であることのハンディが身にしみる。

「男どもには気ィつけな、あかんよ」

一年前、入社以来四年間在籍した「地図情報室」から『ゴールデンガイド情報版』編集部に配置替えになったとき、高野清子にそう注意された意味は、じきに実地体験できた。

観光地のホテルやテーマパークのオープニングを前に、報道関係者を集めて行われるお披露目会では、一般的なイベントの場合と違って、マスコミ各社よりも『ゴールデンガイド』のような旅行専門誌関係に重点が置かれる。その点に関しては、大新聞社などに引け目を感じることはないけれど、そうでない次元の低い部分で、何度も不愉快な想(おも)いを味わうことになった。

招待される人間の中には、手癖の悪い男が少なくない。テレビ局にしろ新聞社にしろ出版社にしろ、マスコミの表の顔は正義そのもののように見えるが、個人となると話が違うらしい。夜ともなれば、女性記者などホステスもどきに考えている男尊女卑思想の権化(ごんげ)のような男だって実在するのである。パーティや宴会の席で酌(しゃく)を強要する程度ならまだしも、露骨に言い寄ってくる男もいた。

去年あった「東武ワールドスクウェア」報道関係者招待会の際、典子は早速その「洗礼」を受けている。相手は泰明(たいめい)出版の『TIME・1』という売れ筋週刊誌の記者で長谷(はせ)という男だ。典子とはその時が初対面だったのに、見学コースの最中から、やけに馴(な)れ馴(な)れしく、むしろ横柄(おうへい)なくらいな態度で接近してきて、案内役の声が聞こえないほど話しかけるのには辟易(へきえき)した。とりわけ、女性心理に精通していると言わんばかりの物言いをするのが、鼻についた。

東武ワールドスクウェアというのは、世界各国の有名な建物や街を二十五分の一に縮小して再現したテーマパークで、バッキンガム宮殿の衛兵交代のシーンなども、ミニチュアの人形が見せてくれる。なかなかに精巧にできていて、典子などは仕事で来ていることも忘れて見入ったほどだ。それなのに、長谷はそんなものにはまるっきり関心がなく、最初から目的が違っているとしか思えなかった。

場所が鬼怒川(きぬがわ)温泉に近いこともあって、招待の夜は温泉ホテルで一泊という豪勢なものだったのだが、その宴会の席で、典子は長谷に口説かれた。宴なかばに近寄ってきて、いきなり耳元で「ここ抜けて、おれの車でドライブしない？」と囁いた。

典子もそれほどウブというわけではないから、「ドライブ」の意図がどこにあるかぐらいは推測できる。見損なわないでよ——と腹が立ったが、一応の礼儀として、「連れがありますので」とやんわり断った。

「連れって、佐藤ちゃん？　大丈夫だよ、彼ならあっちで飲んだくれてるからさ」

実際、長谷の指さした先で、副編集長の佐藤はすっかり出来上がっていた。

「でも、私は仕事で来ていますから、ご遠慮します」

「またまた、そういう固いこと言わないの。上司があああなんだからさ、構うことはないじゃない」

「とにかく、私はいやなんです。誰かほかの人を誘ってください」

ピシッと言って、そっぽを向いた。

「何だよ、新米のくせに、やけにお高く止まってやがんの」

長谷は捨て台詞を残して立ち去ったが、典子は涙が出るほど悔しかった。

その後も何度か、あちこちで長谷と顔を合わせる機会があったが、最初の一撃が効いたのか、それっきり長谷の口説きはない。むしろ、子供っぽい仕種で露骨に無視するような態度を見せつけたりして、それはそれで典子をますます不愉快にさせる。きょうの催しにその長谷が来ていはしまいかと、じつのところ、それが気になってならなかった。

ホテルニューータカオは二代目社長になってから新機軸を打ち出して熱海でも有数の大型リゾート

ホテルに躍進したのだそうだ。規模も外観も設備もよく、エントランスの雰囲気も、東京の一流ホテルと変わらないゆとりのあるものであった。ロビーも広々として、熱海のシンボルである梅の模様を織り込んだ絨毯が、あでやかに客を迎える。

まだ新装なって間がないらしい。正面の壁に二百号ほどもあろうかという大きな絵の飾りつけ作業が終わったばかりだった。山間の湖の風景で、遠くから眺めても、紅葉を映した深い湖の色の変化が印象的だ。

（あれは北海道の湖だわ、きっと――）

旅行専門書の編集部にいるだけに、典子は印刷用の風景写真を見る機会が多い。北海道の湖は摩周湖に代表されるように、周囲の山々が切れ込んだ、急峻のものが多く、どことなく哀愁を湛えた表情を見せる。その絵に描かれた湖も、紅葉の華やぎに彩られながら、アイヌコタンのロマンを語りかけてくるように見える。関係者らしい人々が並んで観ているので、近寄って観るのは遠慮したが、美しい、いい絵だと思った。

受付で広報の資料と交通費を受け取って、指定された部屋に入った。記者発表と見学会は明日の朝十時半から。今夜は各自レストランで夕食を取り、自由に過ごしていいことになっている。会社の事務職の連中にしてみれば、羨ましいばかりの呑気そうに思える仕事だが、まだ業界に親しい仲間の少ない典子にとっては、あまり楽しめたものではない。

日が落ちて二階のレストランに下りると、『旅と歴史』の藤田編集長に出会った。

「やあ元気そうだね。おたくのデブは来ないの？」

デブとは砂川のことである。口は悪いが、藤田は腹に何もない気のいいおじさんに見えて、典子は親しみを感じている。一緒のテーブルで、と思ったが、すでに先約があるらしく、藤田は軽く手を挙げて背中を向けた。何気なく見送っていると、行く手のテーブルに連れの青年がいて、典子の視線を感じたのか、かすかに会釈を送って寄越した。見知らぬ顔だが、好感の持てる爽やかな印象だ。典子はドギマギしながらお辞儀を返すと、慌ててテーブルを探すふりを装った。

2

その夜、バスを使ってベッドでテレビを見ていると、電話が鳴った。受話器を取ると、聞き憶えのある、耳にザラつくような声が「あ、いたいた」と言った。

「おれ、長谷。いまバーにいるんだけど、出ておいでよ。一杯奢るからさ」

挨拶もなしに、図々しい申し出だ。典子は嫌悪感で背筋がゾーッとした。

「いえ、もう遅いですから……だけど、どうしてここ、分かったんですか?」

「ははは、そりゃ名簿を見てあんたの名前を見つければ、部屋を探すぐらい簡単さ。ね、出ておいでよ。それとも、おれがそっちへ行ってもいいけど」

「冗談じゃありませんよ。第一、同室の者がいるんですから」

「だめだめ、きょうはあんた一人だってことは分かってるよ。ね、いいじゃない、誰にも言わないからさ」

「お断りします!」

身震いするような想いで、典子は受話器を置いた。もう一度かかってきたら、世話役の市岡にでも言いつけてやろうかと思ったが、電話はそれっきりになった。

　その代わりのように、翌朝、朝食をとりにレストランに行くと、入口のところで長谷が待ち受けていた。まるで何もなかったような顔で、「やあ、お早う」と言い、典子にくっついて同じテーブルについた。

　周囲には同業の連中が大勢いたから、さすがの長谷も、とおりいっぺんの世間話をする程度で、それ以上の進展はなかったが、典子はハムエッグとトーストの定食がのどを通らなかった。

　食事が済むと、ホテルのマイクロバスを連ねて、ホテルから数分のところにある「ハーブ庭園」まで送られた。

　はじめに、ゲートの前でホテルの社長の挨拶があり、熱海市長などの祝辞があって、テープカットが行われた。それからハーブ庭園に関する記者発表があったあと、お披露目の昼食パーティまでの一時間ばかり、思い思いに庭園内を視察・見学する時間が設けられている。

　ハーブ庭園というのは、数万坪の敷地をもつ、ミントやラベンダーといったハーブ系の植物で埋めつくしたイギリス式庭園である。渡された資料によると、「彩りと香り豊かなハーブを、四季を通じてお楽しみいただけます」と書いてある。たしかに、幾何学模様に仕切られた庭園の彩りも見事だが、それにも増して、庭園から一望する太平洋の眺めが絶景であった。日本最大の温泉場熱海も、近頃は凋落（ちょうらく）傾向にあるというけれど、こういう新しい名所の誕生で、人気を盛り返すかもしれない。

　久しぶりの楽しいのどかな気分に誘われるまま、典子が庭園の小径（こみち）を独り散策していると、いつの間にか長谷が寄ってきた。腕が触れ合うほどの距離に並んで、「ハーブ庭園なんて、何だか分からなかったけどさ、実際見てみるとわりといいじゃないの」と、話しかける。せっかくいい気分になっているのに――と思うが、邪険に追い払うわけにもいかない。

「帰り、一緒しようよ。おれ、車で来ているんだ」

　長谷は話のついでのように言った。まったく、性懲（しょうこ）りもないとはこの男のようなのを言うにちがいない。少し離れたところからＰＲアバウトの市岡が、（また始まった――）と言いたげな、気の毒そうな苦笑を浮かべてこっちを見ている。

「だめですよ、今日はそういう気分じゃないんです」

「そういう気分て、じゃあ、どういう気分なの？　体調でも悪いの？」

「そうじゃないですけど、このところ、いろいろあって、ムシャクシャしているんです。だいたい、ここに来たのだって編集長に無理やりおしつけられたのだし、それに不幸の手紙なんか届いたりして……」

「不幸の手紙？　ふーん、面白そうじゃないの」

「面白くなんかありませんよ。薄気味悪いし、気が滅入（めい）っちゃうし。いたずらにしたって、タチが悪いわ」

「いや、いたずらじゃないよ、あれは。出した本人はけっこうマジでやってることだ。あんたみたいに理知的に物事を判断できる人間はいいけど、情で行動するようなヤツは本気で怖がっちゃう。言われたとおりに手紙を書きまくらないと、本当に不幸が訪れたり、ひょっとすると死ぬかもしれない――なんて思っちゃうんだな」

「ばかみたい……」

　そう言ったものの、典子にも少なからずその傾向があった。それだけに長谷の言葉は、典子自身に向けられたような気もしないではない。

その時、長谷は何か気になるものを見つけたらしい。顎の長い、少し軽薄な感じのする顔が、あらぬ方角を向いていて、動きを停めていた。

「どこかで見た顔だな……」

長谷はぼんやりした声で呟いた。視線の先を辿ると、ホテルの支配人の案内に耳を傾けている十数人の男女の姿があった。知らぬ顔ばかりだから、報道関係の人間ではない、たぶんホテルにとって格別に大切なお客なのだろう。

長谷の関心がそっちに向いている隙に、典子はスッとその場を離れた。その気配にも気づかないほど、長谷は視線と神経を、誰を見ているのか知れぬ方角に注いでいた。

見学を終えてふたたびホテルに戻り、立食パーティに入った。参加人数もかなり増えて、広いホールがごった返すような人波であった。その中を縫うようにして長谷がやって来た。

「さっきはごめん、放りっぱなしにして」

どういたしまして、そのほうがよかったのよ──と言いたいのを我慢して、典子は「いいえ」とだけ言った。

「高野女史がお産なんだって？」

長谷は水割りのグラスを捧げ持つような恰好をして、言った。

「彼女も人並みに女だったってわけか」

「失礼ですよ、そんな言い方」

「そうかな、むしろおれとしては敬意を表しているつもりだけどな。あんなやり手のおばさんが赤ん坊を産むなんてのは、ちょっとした感動じゃないの。これだから人生は見捨てたものじゃないって、そう思えちゃうよ」

（へえー──）と、典子は思わず長谷の顔を見た。珍しく真顔である。いや、たぶん本人は真面目な気持ちでそう言っているにちがいないが、それにしても、高野清子が子供を産むことで、感動したり人生を見直したりする感性がこの男にあるというのは、思いがけない発見といってよかった。

「嫌い」のほうにふれっぱなしだったメーターの針が、ほんの少しだけ「好き」の方向に動いたような気もする。

「高野女史はそうだけど、あんたはどうなのさ、決まった相手はいるの？」

長谷はせっかく芽生えかけた好感を台無しにするような、味もそっけもない言い方で訊いた。やっぱりこの男にはデリカシーのかけらもないらしい。

「そんなもの、いませんよ」

「いないってことは、つまり、不特定多数の相手と付き合っているってわけ？」

「失礼ねえ、なんてことを……」

「いや、失礼じゃなくてさ。どうも言い方が悪いけど、要するにその、決まった相手がいないんだったら、おれもその他大勢の中の一人に加えてもらえないかってこと。とりあえずそういうことなんだけどね」

「どういう意味ですか、それ？」

「だからさ、おれもそろそろ、子供を産む相手を決めてもいいかなとか、そう思ったりしているわけ」

「呆れた、呆れた……」

典子は絶句して、オレンジジュースのグラスを取り落としそうになった。

「冗談じゃありませんよ。私はまだそんなこと、考えたこともないんですから」

「それは嘘だよ。二十七にもなって、結婚を考えたこともないなんてのはさ」

いつの間にひとの歳を調べたのか知らないけど、

いくつになろうと、こっちの勝手ではないか。

「嘘じゃないですよ。まだ当分、ひょっとすると一生結婚しないかもしれません」

「ほんとかな……ま、いいや。結婚がいやなら単なる同居でもいい。とにかく一緒に生活してみない？」

「………」

　何を考えているんだろう、この人――と、典子はまじまじと長谷の顔を見つめた。長谷は真剣そのもののような目をこっちに向けている。もしかするとビョーキじゃないのかしら？――と疑いたくなった。

「いや、あんたがおれを嫌っていることは分かっているけどさ」

　長谷は真面目な顔のまま、思いがけないことを言って、典子をうろたえさせた。

「え？　そんな……」

「いいんだよ、隠さなくても。おれはこんな具合にがさつな男だが、それなりに人の気持ちを読む能力は備わっている。ただ、ガラの悪さを直そうとする気になれなくてね。しかし、自分で言うのもなんだけど、根はそんなに悪い男じゃないと思うよ。口ほどにワルもしていないんだ。ただ旅が好きで、放浪癖があって、気に入らないやつがいると、やたら噛みつきたくなる馬鹿な人間で……なんだ、これじゃちっとも自己ＰＲになっていないじゃないか」

　長谷は憮然として言って、「ははは」と笑った。

　典子の中で、好き嫌いのメーターの針が、また少し揺れた。

「旅が好きってところだけは共通みたいですね」

「ああ、そうらしいね。おれはいつも独り旅だけど、あんたは誰と？」

「私だって独り旅ですよ」

「ははは、そう威張ることじゃないよ。お互い寂しいんだ」

「私は寂しくなんかありません。独りのほうが気儘だし、いろんな発見と遭遇して、そのたびに充足感がありますもの」

「うん、それは言えてるな。旅してると、ほんとに世の中、面白いと思うものね。そういえば、去年は北海道へ行って、半分の馬を見たし……あっ……」

　長谷はふいに口を開いたまま、言葉を中断した。

「半分の馬って、何ですか、それ?」

　典子が催促したのにも、まったく気づかない様子で、ぼんやり考えてから、「そうか、あそこで見たんだ……」と呟いた。

　それからがぜん勢いづいて目を輝かせ、頬には抑えようのない笑みが浮かんだ。

「ははは、いやあ、ほんと面白いなあ」

「何がですか? 半分の馬がどうかしたんですか?」

「ん? そうそう、半分の馬、半分の馬。じゃ、またね」

　長谷は手を挙げると、肩で風を切るような恰好で行ってしまった。そのあっけなさは、何か新しい玩具を見つけて飛んでゆく悪ガキを連想させた。

(ばかにしてる――)と思う反面、あんな風に勝手気儘に振る舞えることが羨ましくもあった。

　もっとも、典子自身にしたって、常識人の目にはずいぶん勝手気儘に映っているにちがいない。電話のたびに、「そろそろいい歳なんだから……」などと言っていた広島の両親も、とうとう諦めたのか、妹の結婚式に帰省したときも、「体だけは気をつけなよ」とだけしか言わなかった。

　会社の仕事も旅がつきものだが、それ以外のプライベートな時間も、典子の趣味といえば、推理小説を読むことのほかはほとんど旅につきる。一日でも二日でも、ひまとお金さえ都合がつけば、ふらりと独り、どこかへ出掛けて行く。行く先は、とりたててあてがあるわけでもない。そのときどきに思いついた場所を訪ね、小さな都市の安いビジネスホテルに泊まって、そぞろ歩きをしてくるだけである。

仕事柄のせいか、旅情ミステリーの中に描かれた土地を選んで訪ねることも多い。時には小説の主人公のような気分になってみたりもするが、長谷の言うように寂しいと感じることはあまりなかった。

（変わり者なんだ——）と自分でもそう思う。将来のことが気になることもあるにはあるけれど、だから結婚する——というのは、何だか取り引きめいて、いやだった。長谷が冗談のように言った「同居でも」という言葉が、ちょっとばかり胸にこたえた。そういうスタイルもあるんだ——と、悪魔の誘惑に触れたような後ろめたい気分だった。

長谷は嫌いなタイプだが、ただ一つ評価できるのは、典子の過去について、一度も話題にしなかったことだ。顔を合わせると、生まれ育ちから出身校、趣味はもちろん、恋人はどうか、結婚の経験はあるのかなどと訊きたがる男が多い。典子にだって、過去に付き合った男の一人や二人いないわけではないけれど、そんなもの自慢にもなりはしない。過去はどうでも、いまが大事なのだし、過去より将来のことを考えたほうがはるかにいいに決まっている。

典子は自分の容貌を、あまり過大評価することもない代わりに、それほど卑下もしていない。まあまあ中庸をいった、平凡な女だと思っている。才能だって、飛び抜けてすぐれたものがあるわけでもない。しかし、この世に生を受けた以上、神さまが何かの役割を与えているにちがいない――と、子供のころから漠然と考えてきた。最近は神さまがいるのかいないのか、よく分からなくなったが、それでも使命感のようなものは健在だ。いまは行くべき方向を模索しているところだと思う。いや、そう思いたい。

もしかすると、高野清子がそうしたように、子供を産むこともその使命の一つなのかもしれないが、そこまで達観するには、もう少し時間がかかりそうだ。

ハーブ庭園の取材から帰って、六月発売の『情報版・伊豆／箱根』用の記事原稿に仕立てたと思ったら、もう翌日からゴールデンウィークに突入した。

長い休みだが、典子にとってはあまり嬉しくない。どこへ行っても人混みばかりだし、ホテルもレストランもふだんより料金をアップしているところが多いのだ。

とはいえ、アパートでゴロゴロしているのも悔しいから、ゴールデンウィークの後半になって、満員の新幹線で広島の実家に帰った。途中、福山で降りて鞆ノ浦の観光鯛漁を見るつもりだったが、乗船場まで行ってみたら鯛の数より人間の数のほうが多そうなのでやめて、鯛の浜焼きを土産に買った。父親が久しぶりの娘を眩しそうな目で見て、

「なんだ、広島に帰って来るのに、広島土産を買うてどうするんじゃ」と笑った。

典子の部屋は高校を卒業して東京の大学へ出て行った時のままの状態で、きれいに保存されている。いまも母親が週に一度は掃除をしている。

「典子がいつ戻って来てもええようにな」と、いつもと同じ台詞を、また言われた。ふとんもフカフカしていて、独り暮らしのアパートよりずっと

気持ちがいい。何だか里心がつきまといそうな気分になってきた。

押入れを開けると、昔、私立の女子高の文芸部にいた頃の原稿が出てきた。これでもいっぱし、将来の作家を夢見たこともあったのだ。段ボール箱の中の色褪せた原稿用紙をパラパラとめくりながら、十年の過去をあれこれ思い出してしまった。その思い出の中で、ふと突き当たるものがあった。

それと同時に、うっかり忘れたままになっている「不幸の手紙」のことが脳裏に甦った。あれが届いてからもう十日は過ぎているはずだ。

段ボール箱の中にある「紅葉まんじゅう」の箱を取り出した。蓋を開けると古い手紙が一杯に詰まっている。あの頃は文芸部員同士の手紙のやり取りが流行って、毎日学校で顔を合わせる相手なのに、まるで遠く離れた友に送るような手紙を書き綴ったものだ。

「やっぱり……」

典子は思わず呟いた。色褪せもあまりしていないブルーブラックのインクの文字に、明らかに見憶えがあった。差出人の名前は〔末次真也子〕。

（そうか、真也子だったんだ――）

ほとんど確信に近く思った。筆跡は多少変わっているのだろうけれど、基本的に律儀な楷書文字は、あの「不幸の手紙」のそれとはっきり共通している。

（あん畜生――）

末次真也子ならやりかねないと思った。真也子とはそれほど親しい仲ではなかった。派手な性格のコで、実力以上に振る舞う目立ちたがりだった。母親が書道の先生をしているせいで、憎らしいほどきれいな字を書いた。それをひけらかすように、むやみに相手構わず手紙を出していたと思う。典子も彼女には文章力ではひけを取らない自信はあったが、ただ文字の上手さだけは脱帽した。まだワープロがいまほどは普及していない時代で、文集を出すときなど、ガリ版切りは末次真也子の独壇場であった。

（いま、どこにいるのだろう？――）

大学はたしか、岡山県かどこかの女子短大へ進んだはずだが、高校卒業以来、一度も会っていない。同窓会名簿には載っているだろうから、住所は調べれば分かるはずだ。それはそれとして、差出人の素性が知れて、典子はほっとするものがあった。あれほど不気味だった「不幸の手紙」が、ただの時候の挨拶程度に気楽なものに思えてきた。

（今度会って、とっちめてやろう――）

手紙を仕舞いながら、ニヤニヤと独り笑いがこみ上げた。「不幸の手紙」の不愉快さから解放されただけでも、気まぐれに帰省した値打ちがあった。旅費と鯛の浜焼き代を足してもお釣りがくる。

東京に戻って、新旧の手紙を突き合わせてみると、やはり末次真也子の筆跡に間違いなさそうだ。同窓会名簿によると、真也子は結婚して「沢村」という苗字に変わっていた。しかし名簿の住所地に電話しても「この電話は現在使われておりません」というメッセージが流れる。何人か、行方を知っていそうなクラスメイトに電話してみたが、連休で外出しているのか留守が多く、たまにいた者は知らないと答えた。

（ま、いいか――）

典子はじきに面倒くさくなって探すのをやめた。そういう男っぽい諦めのよさが典子の性格の特徴でもあった。

そうして休みも終わり、惚けたような顔のサラリーマンの波に混じって出勤し、二日三日と過ぎたある朝、寝惚けまなこで広げた新聞に驚くべきニュースが載っていた。

女性週刊誌の記者殺される。

十日深夜、東京都三鷹市井の頭の井の頭公園で男の人が死んでいるのを、近くを通りかかった人が見つけ警察に届け出た。三鷹警察署が調べたところ、持っていた免許証などから死んでいたのは東京都渋谷区笹塚×丁目に住む週刊誌記者の長谷幸雄さん（36）と判明。死後数時間を経ており、頭部に打撲痕と首を絞められた跡があることから、三鷹署と警視庁捜査一課では殺人死体遺棄事件とみて同署内に捜査本部を設置、捜査を開始した。

　警察の調べによると、長谷さんは十日の夕刻、文京区江戸川橋にある勤務先の出版社を出て以後、消息を断っていたものだが、その直前、外部から電話がかかっており、警察はその電話が事件と何らかの関係があるものとも考え、関係者から事情を聞いている。

　現場の井の頭公園では二十日前に発生したバラバラ事件が未解決であり、あいつぐ凶悪事件に周辺住民の不安が高まっている。

　典子は腰が抜けたかと思った。全身の筋肉から力が抜け、手にした新聞を取り落とさないのが不思議なくらいだった。

（あの長谷が殺された——）

　つい半月前に、熱海のホテルで会った時の顔や仕種、それに交わした会話のすみずみまで記憶に残っている、あの長谷が死んだことが、それも殺人事件というショッキングなかたちで報じられたのだ。平静でいられるはずもなかった。

（どうしよう——）と、典子は意味もなく思った。だからどうすることができるというわけでもなく、また、別にどうする必要もないのだろうけれど、なんだかとてつもない災厄がこの身に降りかかってきそうな、漠然とした予感があった。

新聞を置いて、ノロノロと立ち上がって、それでもどうにか出勤の支度を始めて、何気なく目の前の壁に視線を向けて、典子は「あっ」と小さく叫んだ。

ベニアに安っぽい壁紙を貼っただけの壁に、葉書がピンで止めてある。

(忘れていた――)

この「不幸の手紙」が舞い込んでから、十日どころかもう二十日も経過していた。

「十日以内に七人に宛てて送りなさい。絶対に止めてはなりません。その運命に逆らって、手紙を出さなかった者は、死か、それに等しい不幸に……」

まがまがしい文面がクローズアップされて目の中に飛び込んできた。典子はバッグをほうりだして、床にへたり込んだ。

3

東京の都心から西へ、中央線で三十分ばかり行った吉祥寺駅からほど近いところに「都立井の頭恩賜公園」がある。公園の中心である井の頭池は、江戸時代、神田上水の水源であった。七ヵ所から豊かな水が湧き出ていたところから「七井の池」ともいわれた。公園は武蔵野市御殿山から三鷹市下連雀にかけてひろがる広大なもので、ボート場、音楽堂、動物園などもある。

武蔵野市の名でも分かるように、この付近一帯は武蔵野そのもののような地域だったのだが、いまは市街化に侵食されて、吉祥寺などはもっともトレンディな街の一つに数えられるほどだ。

その中にぽっかりと、武蔵野の面影を残す空間が井の頭公園である。天空高く立ち並ぶ高いケヤキが池の水面に影を映し、黒々とした地面や名もない草花に親しめる風情は、近所の住人たちばかりでなく、都会の人間にとってはオアシスのように貴重なものになっている。

長谷幸雄の死体は、公園の中を行く細い散策路から、少し脇に入った樹木の陰に横たわっていた。

新聞では「近くを通りかかった人」と書かれていたが、じつは第一発見者は若いアベックだった。この近くに住む女子大生と、彼女を訪問した大学生が、平年よりいくぶん温かい夜風に誘われるように、暗がりを求めて井の頭公園に入り込んで、足元の死体にぶつかった——というものである。

実際に警察に出頭したのは男の学生だけだったが、警察の調べに対しては、素直にアベックだったことを認め、公にしない条件づきで彼女の身分も明かした。

もちろんこの二人は事件に関係していないので、警察も簡単な事情聴取だけで、報道陣が騒ぎだす前に帰宅させ、発見者については「近くを通りかかった」といったあいまいなかたちで発表するにとどめた。

殺された長谷幸雄に関しては、調べれば調べるほど、殺害の動機を持たれそうな人間であることが分かってきた。

長谷幸雄は本籍地も現住所も東京都渋谷区笹塚×丁目——となっているが、家族はなく、またすでに両親とも他界していて、まったく身寄りはない。

現在住んでいるアパートの住所に本籍地を移動したのは、長谷が泰明出版に入社する際、戸籍謄本が必要になったために、ついでに旧本籍地である神奈川県小田原市久野から戸籍を移したものらしい。

念のために神奈川県の旧本籍地に問い合わせる

と、長谷家そのものが三十年前にその土地を離れ、東京に移住しているということだから、長谷が就学年に達する前に小田原市を出たことになる。

調べの過程で分かったことだが、長谷の父親と母親は十五年前の同じ日に死亡している。死因は交通事故によるものだった。

長谷が二十一歳、大学三年のときの出来事だが、この「事件」は当然のことながら長谷には大きなショックだったようだ。長谷のことをよく知る大学時代の友人や、会社の同僚などの話によると、長谷は「人生観が変わった」と語っていたという。彼自身、人生観が変わったと言っていたように、傍(はた)から見ると虚無的としか思えない、野放図(のほうず)な行動や生き方の根源はそこにあったにちがいない。

長谷の取材の方法や記事の書き方が、ほかの記者とは異なって、他人の傷口に手を突っ込んで引っかき回すような、峻烈(しゅんれつ)なところがあったのも、そういう過去と無縁ではないのかもしれない。

ただでさえ、週刊誌の記者というのは、他人のスキャンダルに首を突っ込むことが仕事そのもののようなところがある。

だいたいスキャンダルのない人間なんて、この世には存在しないのだから、その気になれば週刊誌ネタなどいくらでも見つかる。とりわけ芸能界や政界は、表向ききれいごとでいっているだけに、スキャンダルの種は尽きない。

ただし、こっちは商売だが、首を突っ込まれたほうはたまったものではない。当然、怨恨(えんこん)は残るだろうし、中には殺意を抱く人間もあって不思議はない。

週刊『ＴＩＭＥ・１』編集部で、長谷はいまでこそ旅だとかイベント関係のページを担当させられているが、二年ばかり前までは、芸能界や政財界などの、それもなるべく裏側の話を専門に漁(あさ)っていた。
悪辣(あくらつ)といっていいほどの強引さで、取材対象のもっともいやがる部分を衝(つ)くのが得意だった。ライバルが誰一人として気づかないポイントに、長谷だけが目をつけ、バクッと食らいつくのは、天性の勘のよさとしかいいようがないほどなのだが、いかにも度の過ぎることが重なった。名誉棄損・記事差止などの訴訟沙汰(ざた)におよびそうになることは珍しくなく、政界や官庁筋からの圧力が会社を脅(おびや)すところまでいっては、ついに担当替えを食らったのも止(や)むを得ない。

もっとも、週刊誌の記者は、文字どおり夜討ち朝駆けを常とする、肉体的にも精神的にも過酷な職業だから、せいぜい三十歳代なかばまでが限度で、書籍部門に配置替えになるケースが多い。長谷が同じ週刊誌編集部内での異動ですんだのは、そうでなければ会社を辞めるとゴネたためである。

担当替えになったからといって、かつて長谷にひどい目に遭った、スネに傷もつ連中の中には、いまもなお、殺したくなるほど長谷を憎む人間の一人や二人はいるにちがいない。いや、ことによると、長谷はそうした人間の弱みを摑(つか)んで、恐喝でもやっていたのではないか——と、警察はその方面を執拗(しつよう)に追及した。

むろん会社の同僚や上司は、絶対にそのようなことはない——と証言したが、警察がそれを丸々信じるはずはなかった。むしろ警察は最初からその点を疑ってかかって、過去に長谷の手によって、スキャンダラスなことを週刊誌ネタにされた連中の洗い出しから捜査を開始したのだが、実際にはこれは、なかなか難しい作業であった。

何といっても相手はいずれも名のある人物ばかりだ。下手に疑いをかければ、一般人とは比較にならない人権問題や名誉棄損に発展しかねない危険性があった。刑事が接触して声をかけただけでも、マスコミがワッとばかりに飛びつく大騒ぎになるだろう。

　これでは捜査本部に呼び出しをかけるどころか、事情聴取に出向くことだって遠慮がちにならざるをえない。それに、そういう連中ときたひには、誰もが忙しくしていて、ことに芸能関係者は居場所が転々と定まらない。靴の上から足の裏を掻くような、もどかしい捜査になった。

　捜査本部は捜査員を何班かに分け、それぞれにテーマを与えて機能的に捜査を進める。まず、何といっても現場第一主義に、遺留品や周辺での目撃者探し、聞き込みといった初動捜査に最大の重点が置かれるが、前述したような、長谷に怨恨を抱きそうな、漠然とした対象を相手にするグループがある。

　また、長谷の日常生活から「犯人」との接点を模索するグループも、もちろんある。最後に長谷と接触した人物は誰か——その場所はどこか——からスタートして、一人ずつ、時々刻々、そこに到る時系列を逆に遡って、地道に、長谷の身に起きた出来事のすべてをクリアにしようと努めるのだ。

　事件のあった井の頭公園の所轄である三鷹署からは、刑事課捜査係の谷奥部長刑事と部下の高山刑事の二人だけが、そのグループに投入された。

　一般的にいって、所轄署の刑事は地元の事情に通じていることもあって、周辺の聞き込み捜査に振り向けられるケースが多い。一軒一軒、民家や商店を回って、被害者や怪しい人物を見かけなかったか、何か異様な物音を聞かなかったか——といったような尋問をコツコツと積み重ねてゆく作業だ。

　谷奥は正直いって、そういう地道な捜査は好きではない。もっとも、そんなのが好きな刑事はそうザラにはいないわけで、大抵の者はテレビドラマもどきの、派手な動きのある仕事を夢見て刑事になると思っていい。

しかし、現実の刑事はハードボイルド映画のようなわけにいかない。かっこいい立ち回りもないし、頭脳プレイともあまり関係がない。文字どおり足を使っての肉体労働が日常の中心だ。

おまけに人権問題がやかましくなっているから、事情聴取や尋問には敬語を使い、たとえ被疑者と思える相手であっても、少なくとも他人の目のある場所では、セールスマンもどきに頭を低くするような、余計な気を使わなければならない。

尋問に返って来る答えは、十中八九、まず「さあ……」から始まる。「さあ、知りませんねえ」「さあ、何も見ていませんねえ」である。事実、ほとんどがそうなのだから仕方がないが、その中の百分の一か千分の一かは嘘をついている可能性がある。

だからといって、その人がべつに犯罪を犯しているわけではないのだが、誰にしたって殺人事件なんかとは関わりを持ちたくないのが、ごく当たり前の人情というものである。もしかすると、あのとき見たあの男が――とか、あのとき聞いたあの叫び声が――と思っても、それを言わずじまいにすることが多い。その「嘘」を見破れるかいなかが、刑事の才能の発揮どころといえる。

長谷幸雄を最後に目撃したのは、犯人を別にすれば、現在までのところ彼の勤務先である「泰明出版」の社員と守衛であった。彼ら二人は、会社の門を出て行く長谷の姿を見ている。いつもどおり、少し肩をそびやかすようにして、やや斜め右上方向に視線を向けながら、颯爽（さっそう）と歩き去って行ったのが、長谷を見た最後になった。

いや、もちろん街頭や乗物の中のどこかで、不特定多数の人間に目撃されている可能性はあるのだが、いまのところはっきり目撃証言を得られるのは、そこまでだった。

その直前、長谷は編集部で外部と電話で話している。「たぶん、外からかかってきた電話だと思いますよ」と、二つ置いた隣の席の同僚が言ったが、あまり確かな記憶ではなかった。外線からは交換を通さず、それぞれの席にある電話に直通でかかってくるから、そのとき話していた電話が、外からかかってきたものか、こちらからかけたものなのか、見分けがつきにくいのだ。

同僚の記憶に残る長谷は、そのとき机の上に背を丸め、受話器を隠すようにして話していた。その恰好はべつに珍しいものではなく、情報を独占したい記者の職業的な癖といってもいい。

電話のあと間もなく、長谷は外出したものと思われる。思われる――としか言えない程度に、同僚や編集長やデスクの記憶は曖昧なものなのだし、週刊誌の編集部というのは、それほどに出入りがはげしいセクションともいえる。

とはいえ、守衛らに目撃された時刻からいっても、電話の直後に長谷が外出したのは間違いなさそうだ。ただし、その電話が外出の原因になったものかどうかは不明だ。まして、事件との関わりがあるかどうかなどは、まったく分かりようがない。

それより以前の長谷の様子に、何か事件に結びつくような兆候がなかったかどうか、谷奥らの捜査はじわじわと進められた。その結果、長谷が事件の前日に、デスクに仮払い金を要求していることが分かった。

「二十万円でした」と聞いて、思わず谷奥はデスクの田部井という男の顔を見た。

「ほうっ、われわれ警察の感覚からいうと、二十万円の仮払い金はずいぶん大きな金額に思えるが、こちらではそれがふつうなんですか？」

「いや、うちでも仮払い金としては大きいほうですが、たとえば海外とか、国内でもどこか遠方に出張でもする場合には珍しい金額ではありません」

「なるほど。そうすると、長谷さんもどこかへ出張する予定があったのですか？」

「たぶんそうだと思いますが」

「たぶん？……」

谷奥は呆れた。

「おたくの会社では、目的も聞かずにそんな巨額の仮払いを認めているのですか？」

「いや、そういうわけではありませんが、長谷君の場合は特例でして、目的や用途がはっきりしないことがよくあるのです。訊いても言わないというか、要するに相手次第でどこへ行くか分からないというわけでして」

「なるほど……」

谷奥は何となく納得した。刑事だって似たようなものだ。尾行している相手がどこへ行くか、あらかじめ分かったものではない。刑事の場合は警察手帳を示せば駅の改札口もフリーパスだが、週刊誌の記者ではそうはいかないのだろう。

「しかし」と谷奥は首をひねった。

「長谷さんは旅やイベント関係を担当していたのでしょう？　だったら、目的も分からないような取材旅行なんてものは、あり得ないのではありませんか？」

「はあ、本当はおっしゃるとおりなのですが……」

田部井デスクは苦笑いしながら言った。

「うちの編集部としては、雑誌が売れるネタが欲しいという気持ちもあるわけでして、何かネタを掴んだと思ったら、見て見ぬふりをする場合もないわけではありません」

「なるほど」

「たぶん、何かのネタを掴んで行動を起こす準備をしていたのでしょうね。それに、長谷君は精算はきちんとしてましたから、仮払い金を出しても、信用があることは事実でした」

田部井は長谷に成り代わって弁明するような口ぶりでそう言って、その前の仮払い伝票の精算の例を見せてくれた。四月二十二日に切ったもので、「熱海ニュータカオホテル取材」と目的が記されている。金額は五万円だが、休みに入る前の二十八日にはきちんと精算され、残金の三万円あまりが返還されたそうだ。

「精算の苦手な人間は、半年も一年も放っておいたりしますけどね。その点、長谷君は顔に似合わず几帳面でした」

「熱海ニュータカオの取材というのは、どんなものだったのですか？」

「ごくふつうの、観光イベントの見学会みたいなものです。ニュータカオというホテルにハーブ庭園とかいうのができて、いってみれば、それのお披露目会ですね」

「そのときが五万円で、それに比べると、この二十万円の仮払いというのはずいぶん額が大きいが、長谷さんは何を取材するつもりだったのか、どんなネタを掴んだのか、それについては何も言わなかったのですか？」

谷奥はあらためて質問した。

「そうですねえ……」

田部井は天井を見上げるようにして考え込んでいる。こういうポーズを取るときは、何か心当たりがあって、しかし話すべきかどうか迷っている場合が多い。谷奥は辛抱づよく、田部井の口が開かれるのを待った。

「もしかすると、熱海の会の際に、何かあったのかもしれませんね。熱海の見学会は二十五、二十六日で、二十六日の夕刻、熱海から帰って会社に顔を出したときから、何となく様子がおかしかったですから」

「様子がおかしいというと?」

「いや、これは私がそう思っただけで、錯覚かもしれません」

「錯覚でも何でもいいから、話してくれませんか」

「目の色っていうんですか……何か意気込んでいるっていうか……分かるんですよ、そういうのって。彼の場合、何かネタを摑んだなっていう、そういう感じです」

「なるほど……」

谷奥は漠然とだが、そのときの情景が見えるような気がした。

実況検分の際、長谷の上着のポケットには十九万八千円あまりの金があった。犯人が強盗目的ではなかったことを意味するのと同時に、長谷自身、仮払い金二十万円には、ほとんど手をつけていなかったことになる。その金を必要とする以前に、事件に遭遇したというわけだ。問題は事件とその仮払い金とのあいだに関連があるかないかである。

「その際、長谷さんがいったい何をしようとしていたのか、それを想像させるような、具体的な話は出なかったのですか?」

「ええ、出ませんでした。どうせ訊いても言いませんからね、彼は。それに、さっきも言いましたが、たとえ何かの事件ネタを摑んでいたとしても、本来は旅関係やイベント関係のページを担当しているのですから、正直に言いっこありませんよ」

「そういうのは、週刊誌ではいわば添え物的なページなのでしょうね？」

「いや、そんなことはありませんよ」

　田部井は力説した。

「旅や催事、グルメなどの情報は、週刊誌としては欠くことのできない重要なものです。ことにウチの雑誌は女性に読まれていますからね。長谷君もその点は承知して、やるべきことはちゃんとやっていましたよ。ただ、それだけでは気持ちが納まらずに、つい昔の癖が出るというのか、ジャンルの違う分野に首を突っ込みたがったということです。事実、それでいい記事を作りますからねえ。長谷君に言わせると、若い連中のやり方は生ぬるいというのです。たとえイベント情報だって、相手の言いなりに記事に書くのじゃ、先方の広報担当に雇われているのと変わりないじゃないかって、よく怒ってました」

　その点も自分の性格と思い合わせて、谷奥は胸の内で苦笑した。谷奥は四十歳になったばかりだが、若い連中だけでなく、近頃の刑事たちの捜査のやり方には生ぬるいものを感じて仕方がない。いや、上層部も警察そのものも、何となくサラリーマン化しているような気がしてならない。

　長谷は谷奥より若かったから、なおのこと苛立（いらだ）つものがあったのだろう。そういう長谷という人物に、谷奥はいつの間にか、似た者同士のような共感を覚えた。

4

　ゴールデンウィーク中も、出版社はカレンダーどおりの二日と六日はもちろん、休日も必要があれば会社に出るか、あるいは交代で休むかしながら、一応、業務に支障をきたさないようにするのだが、週刊誌は中の一週を合併号にして、なるべく休みを取る方針だったそうだ。その間、長谷が何をしていたのか、同僚は誰も知らない。長谷のアパートの住人たちも、時折、出たり入ったりする長谷の姿を見てはいたものの、生活の内情まで知る者はなかった。

　長谷は近所付き合いはまったくないに等しく、たまにすれ違っても自分から挨拶することはなく、挨拶されると仕方なく答える程度だった。

　長谷の部屋を訪れる人間はいなかったか、誰に訊いても「知らない」という答えが返ってきた。

　恋人やガールフレンドらしきものがいたかどうかも、近所はもちろん、会社の人間も、本当のところはよく分からないということであった。

　会社内や同業の女性記者やバーの女性などと、からかい半分のように付き合うことはあっても、胸襟（きょうきん）を開いて心から真剣な交際を求めることは、まずなかったらしい。結婚を前提とした交際など、聞いたこともないというし、女性はもちろん、男との付き合いをするのにも、どこか垣根をひとつ隔てたようなところを感じさせたそうだ。デスクの田部井の説によると、長谷は強固な独身主義者だったのではないかということである。

「生者必滅会者定離（えしゃじょうり）なんてことを、よく言ってましたよ。おそらく、ご両親の突然の死が、彼にそんな無常感を抱かせていたのじゃないでしょうかねえ」

　田部井はしんみりした口調で、そう結論づけていた。それが事実だとすると、女性問題がこじれた結果の犯行といった、よくありがちな動機ではないことになる。

　長谷の部屋は、１ＬＤＫという狭さもあるが、いかにも男の独り暮らしそのもののように乱雑で、どこから手をつければいいのか、戸惑うような状態だった。デスクの真ん中に据えられたワープロの周辺に、わずかな空間があるだけで、本棚からあふれた書物やスクラップブックが絨毯の上に積み重ねられ、部屋の反対側にあるベッドまで、本に蹴つまずかないで行けるとは思えないほどだ。

台所の床の上にはビールの空き罐が並び、大きなゴミ袋には、インスタントラーメンの空袋やカップの残滓が突っ込まれてあって、異臭を発している。冷蔵庫の中にはろくな食い物がないのに、罐ビールが二ダースほど入っていた。

車は遠方へ出かける時以外は滅多に使わず、ふだんは近くの貸駐車場に置きっぱなしだった。

家宅捜索の結果、事件の手掛かりになりそうな物としては、過去に長谷が手がけた記事の資料や、掲載されたページの切り抜きのスクラップが中心になった。大掃除のとき、畳の下に敷いてあった古新聞の記事に読み耽るように、ああ、あんな事件があったな——あの騒ぎはひどかった——としばらく記事に引き込まれた。

それにしても、こうして眺めてみると、週刊『TIME・1』のセンセーショナルな記事のかなりの部分が、長谷の仕事だったことに、あらためて驚かされる。

「これじゃ恨まれるわけだな」

谷奥は部下の高山にそう言ったが、捜査員は誰もがそう思ったにちがいない。

手紙類は思ったより少なく、それも年賀状や暑中見舞いといった、とおりいっぺんの付き合いの便りがほとんどだ。名刺と住所録も押収したが、むやみに数が多いだけで、そこから手掛かりを発見できる見込みは、あまり期待できそうにない。

とはいえ、住所録の中には、政財界や芸能界の思いがけないほどの大物の名前がいくつもあり、通常では一般の人間には教えないはずの電話番号も記入されたりしていて、さすがと思わせる。

机の上には最新号の週刊『ＴＩＭＥ・1』がある。パラパラとページをめくると、熱海ニュータカオホテルの「ハーブ庭園」の記事が出ていた。一ページの半分程度のスペースを使った、写真と短い文章だけの、ほとんどコラムのような記事である。こんなことを担当させられていたのでは、長谷が欲求不満になるのも当然だろう。

これを見ただけでは、ＴＩＭＥ・1のデスクの田部井が言うように、このときのお披露目会の中で、長谷が何かのネタを摑んだかどうかは分からない。それに、かりにあったとしても、それが事件に関係するという証拠は何もないのだが、とにかくホテルニュータカオに当たってみることにした。

翌朝、ホテルに電話で問い合わせると、当日の報道関係の招待客に関しては「ＰＲアバウト」という会社の市岡和夫という人物が仕切っていたということがわかった。電話で応対した広報担当者は、長谷が殺された事件のことは知っていたが、その人物がお披露目会に出席していたとは知らなかったような口ぶりだった。

ＰＲアバウトは西銀座のみゆき通りに面したビルの五階にあった。谷奥はこういう世界には疎いのでよく分からないが、いわゆる広告会社なのだろう。田部井は、イベント関係のＰＲが専門だとか言っていたが、部屋の中の様子を見ると、ふつうの新聞やテレビの広告も扱っているような雰囲気だった。

刑事の訪問に、市岡はびっくりしていた。「ああ、長谷さんの事件のことで……いやあ、まったく驚きましたねえ」

市岡は谷奥と同じ年代か、一見すると老成した感じだが、ＰＲマンだけあって、外国人がやるような、大仰なゼスチャーで「驚き」を表現して言った。

「そのときの長谷さんの様子に、何か変わったところはありませんでしたか？」

「変わったところといっても……こんなことを言ってては何ですが、あの人はもともとが、ちょっとふつうとは違う、変わった人でしたからねえ」

「そのようですなあ。しかし、長谷さんの会社の人の話だと、ホテルニュータカオでの会の際に、何か変わったことがあったのは確かなようなのですよ」

「そうですか？　いや、あのパーティは万事順調に運んで、大成功でしたが」

「そうではなく、長谷さんの個人的なことで何か、変わった様子はなかったかという意味です。どんな些細なことでもいいですが、思い出してくれませんか」

「長谷さんのことでですか？……そうですねえ、強いて挙げれば、あれかなあ……」

「何ですか、その『あれ』というのは？」

「は？　ああ、ちょっとですね、まあその、ある女性にアタックして、揉めていたみたいなところがあったことはありました」

「揉めていた？　というと、何かトラブルがあったのですか？」

「いや、トラブルというほどのものじゃありませんが、早い話、口説いてふられたっていったところでしょう。出版社にはけっこう手の早い人がいますから、そういうの、珍しくはないのですよ。長谷さんは、どちらかというと、あまりそういうことしない人でしたけどね」

「なるほど……」

泰明出版の田部井も、長谷の「独身主義」のことは言っていた。

「その相手の女性というのは、どこの何ていう人か分かりますか?」

「はあ、それは分かりますが、しかし迷惑をかけることになるのは困りますねえ。私から聞いたって言わないでくださいよ」

市岡は念を押してから女性の名前と会社名を教えた。

「実業書院　中村典子」

谷奥もその会社の名前だけは聞いたことがあった。たしか、固い経済関係の本を出している出版社というイメージがあるが、文芸図書や旅の情報書などでも急速に伸びている会社なのだそうだ。PRアバウトからはほど近い、銀座のど真ん中に自社ビルがあるというので、その足で行ってみた。

実業書院は、古めかしい名前に似つかわしくなく、八階建ての真新しいビルであった。一階から四階まではテナントが入っていて、五階から上を自社で使っている。中村典子はその七階にある『ゴールデンガイド情報版』編集部の所属だが、この日は休んでいるということだ。

「昨夜から頭痛がするといってまして、こんなことは初めてなんですがね」

副編集長の名刺をくれた佐藤という男が、首を傾げながら言った。谷奥はその瞬間、(臭いな――)と思った。こういう風にピンとくるときは、まず手応えがあるものと思って間違いない。勢い込んで、中村典子の住所を訊いた。

「なにか、中村にあったのですか?」

佐藤は心配そうに言った。

「泰明出版の長谷さんが殺された事件、ご存じでしょう」

「ええ、もちろん知ってますが……えっ、まさか中村がその事件に関係でもあると?」

「いや、そうではありませんが、先月二十五、六日、熱海のホテルニュータカオの取材会で長谷さんと中村さんが会って、お二人のあいだで何やらトラブルがあったようなのです。つまり長谷さんが中村さんを口説いたとか、そういったことです」

「えっ？　ほんとですか？　信じられないですけどねえ……」

佐藤は目を丸くした。

「長谷さんというのは、女性を遊びの対象ぐらいにしか見ていないみたいなところがあって、それに、うちの中村だって、それほどの美人じゃ……いや、そうでもないのかなあ……タデ食う虫っていうし。そういえば、中村ってのもちょっと変わったところがあって、そういう点では長谷さんと似合いのカップルだったかもしれませんねえ」

それにしても、どう考えても、事件そのものには関係はないでしょう――などと、言い訳がましくグジグジ言うのを催促して、住所を聞き出した。

中村典子のマンションは目黒区洗足(せんぞく)の環状七号線に近いところにあった。マンションといっても、三階建ての、要するに古いアパートである。

三階の部屋のドアをノックすると、マジックアイから覗(のぞ)く気配がして、「はい、どちらさんですか？」と応答があった。

谷奥が警察手帳を示して、「ちょっとお聞きしたいことがあるのですが」と言うと、しばらく間を置いて、ドアチェーンを外す音がして、ゆっくりとドアが開いた。

こどもっぽい、おかっぱ頭のような、あまり化粧に構わないらしい女性だ。年齢は二十七歳と聞いてきたが、まだ稚(おさな)さを残した顔である。見るからに不安そうな目で刑事を迎え入れ、少し尻込(しりご)みしてからお辞儀をした。

「中村典子さんですね？」

「はい、そうですけど……」

「長谷さんをご存じですね？」

　谷奥は押しつけがましい口調で言った。中村典子は蚊の鳴くような声で、「ええ」と頷いた。かなり神経質になっていて、明らかに確かな手応えを感じさせる。

「二日前、井の頭公園で死体が発見されたのですが、ご存じでしたか？」

「はい、知っております。テレビや新聞で見ましたから」

「あなたが長谷さんと最後に会ったのはいつですか？」

「会ったっていっても、仕事先ですけど」

「というと、熱海ですね？」

「え？　ええ、そうです……」

　これで、警察がすでに調べを進めていることを認めさせた。

「長谷さんとあなたのあいだで、何かトラブルがあったそうですが」

「トラブル？　そんな、トラブルなんて何もありませんよ」

「しかし、長谷さんにあなた、しつこくつきまとわれていたそうじゃないですか」

「ええ、それはそうですけど。でも、あんなことはトラブルとは言えないと思います」

　中村典子は追い詰められて、かえって毅然とした態度を示した。平凡そうな外見に似ず、シンの強い性格なのかもしれない――と谷奥は思った。

「それに、長谷さんは話の途中で、何か用事を思い出したらしくて、さっさと行ってしまったのですから」

「ほう、それはまた、ずいぶん失礼な話ですね。あなた、頭にきたでしょう」

「ええ、まあ」

「殺してやりたくらいに？」

「まさか……刑事さんはそういういやがらせを言うために来たのですか？」

中村典子は寒そうに、両手で肩を抱くようにしながら、きつい目で谷奥を睨んだ。

「ははは、いや、これは失礼しました」

「笑いごとじゃありませんよ。こっちは、知ってる人があんな目に遭って、恐ろしくてしようがないんですから」

「なるほど。会社を休んでいるのはそのせいですか」

「そうですよ、いけませんか。だったら、早く犯人を捕まえてください」

「ほほう、というと、あなた、犯人を知っているのですか？」

「知りませんよ、そんなの。知っていれば警察に言うに決まっているでしょう」

「知らないのなら怖がる必要はないじゃないですか。犯人そのものを知らなくても、何か心当たりがあるのじゃないですか？」

「ありませんて。何度同じことを言えばいいんですか」

「しつこいかもしれませんがね、あなただけでなく、長谷さんの行動を知っている人には、洗いざらい話していただかないと困るのですよ。たとえどんな小さなことでも、何か長谷さんの様子に変わった点がなかったか……そうだ、たとえばですよ、あなたと話している途中で、さっさと行ってしまったって言いましたね。それ、どうしてなんですか？　あなたにつきまとっていた長谷さんが、なぜ急に立ち去ったのか、不思議には思わなかったのですか？」

「それは……ええ、たしかに不思議っていうか、変な人って思いました。あのとき長谷さんは……」

　中村典子はそのときの情景を思い浮かべるような、しばらく遠いところを見つめる目になってから言った。

「長谷さんは、誰かを見つけて、それで用事を思い出して、その人のほうへ行ったのじゃなかったかしら」

「ほう、誰なのですか、それは？」

「分かりません。そんな感じがしただけで、ほんとにそうだったのかどうか……」

「そんな程度のことで、あなたと揉めている最中に行ってしまったのですか？」

「揉めてなんかいませんて」

「だったら、ますますおかしいですね」

「おかしいって、何がですか？」

「要するに、あなたと長谷さんのあいだには、トラブルはなかったことになる」

「そうですよ。だから言ったでしょう。トラブルなんかじゃないって」

「トラブルがなかったのだったら、何を怖がっているのですか？　なぜ会社を休む必要があるのですか？」

　谷奥は刑事らしい鋭い目で、中村典子の眸の奥を睨んだ。典子は怯んだように目を逸らせたが、すぐに答えた。

「それは、その前に変な手紙を受け取っていたからですよ」

「変な手紙？」

「ええ、気味の悪い手紙です」

「長谷さんから来たのですか？」

「え？　いえ、そういうわけじゃないですけど……」

　典子は谷奥に背中を向けて、奥から葉書を持ってきた。

「不幸の手紙、ですか……」

谷奥は一読して、眉をひそめて言った。典子も同じように顔をしかめて、「ええ」と頷いた。

「この手紙をもらったことを、うっかり忘れていて、十日の期限が過ぎてしまったところに、長谷さんが殺されたっていうニュースを聞いたんです。だからほんとに不幸の手紙の予言が的中したっていうか……とにかく気味が悪くて……」

谷奥は（ばかばかしい——）と口から出かかって、かろうじて止めた。死体に慣れっこの刑事と違って、若い女性の感覚としては、それが普通なのかもしれない。

「こんなものを気にすることはないでしょう。単なる偶然にすぎませんよ」

「それは分かってますけど、怖いものは仕方ないでしょう」

中村典子は開き直ったように言った。

「でも、刑事さんが来てくれたおかげで、何となくすっきりしたような気がします。漠然とした恐怖が現実味を帯びてきて、かえって白けたっていうか、正気に戻ったっていうのか……とにかく、もう大丈夫です。明日からは会社にも出ますよ」

元来が気丈な女なのだ——と、谷奥のほうも白けた感じがした。いずれにしても、彼女が事件に関係している感触はまったく消え失せてしまった。

第二章　半分の馬

1

『旅と歴史』の藤田から電話があったとき、浅見はワープロに向かってうたた寝をしていた。

　お手伝いの須美子は「坊っちゃま、坊っちゃま」と何回も呼んだらしい。その何回目かに気がついて「はい、お入り」と返事をすると、待ちかねたようにドアを開けて、「すみません、お仕事の最中。お電話です」と、妙に「お仕事」の部分を強調して言った。リビングルームにある電話に、十分届くほどのボリュームだ。

「ああ、内田さんからかい？」

　浅見は勘よく言った。「坊っちゃま」の多忙を強調したい相手といえば、だいたい決まっている。軽井沢に住んでいる推理作家か、それとも――。

「いえ、軽井沢のセンセではなく、藤田編集長さまからです」

　須美子はもう一人の「相手」の名前を言って、小声で「坊っちゃま、口許に涎が」と教えてくれた。

　浅見は涎を拭いながらリビングルームに出て、受話器を握った。

「なんだい、遅かったね。須美ちゃんがずいぶん呼んでたけど、寝てたの？」

「寝てなんかいませんよ。仕事に没頭していたのです」

「ふーん、仕事ねえ、ふーん……」

　疑わしそうに鼻を鳴らして、「ところで、ひま？」と言った。ひとの話をまったく信じない男だ。

「忙しいって言ってるでしょう」

「そう、だったら、明日、実業書院へ行ってよ」

「実業書院？　何ですか、それ？」

「実業書院は知ってるだろう」

「そりゃ知ってはいますが、付き合いはありませんよ」

「ならちょうどよかった。紹介するよ。『ゴールデンガイド情報版』の砂川っていう編集長のところへ行ってみてくれないか。明後日、鳥羽の水族館に新しいパンダだか何だかが入るとかで、それを取材してもらいたいのだそうだ」

「水族館にパンダはへんですね。アシカかラッコじゃないのですか？」

「ああ、そうかもしれない。ま、何でもいいから、とにかく行ってよ。うちよりギャラは安いだろうけど、払いはいいらしい」

『旅と歴史』より安いギャラなんて、この世に存在するものだろうか——と思ったが、浅見はさすがに口には出さなかった。

「明日だの明後日だのって、そんな藪から棒みたいに言われても、こっちにだってスケジュールっていうものがありますから」

「ウソッ、そんな上等なものが浅見ちゃんにあったっけ。まあいいから行ってみてよ。向こうも困っているらしいんだ。担当の女性がひっくり返っちゃってね。それもどうやら、殺人事件が原因だそうだ」

「殺人事件？　何ですか、それ？」

「ははは、すぐに乗ってくる。ほら週刊『ＴＩＭＥ・１』の長谷っていうのが殺されたじゃない。その長谷がさ、彼女にしつこくつきまとっていたっていうんで、刑事が聞き込みに来たとか言ってった。それを苦にしてノイローゼみたいになったらしい」

「容疑の対象になっているのですか?」

「まさか……違うだろうけど、やっぱり気持ちが悪いんじゃないのかな。とにかく、そういうわけだからして、明日の朝十時半、『ゴールデンガイド情報版』へ行ってくれよ。場所は銀座一丁目だったかな、プランタンデパートのすぐ近くだ。ピッカピカの新しいビルだからすぐ分かるよ。じゃあ」

言うだけ言うと、勝手に電話を切ってしまった。藤田はいつだってそんなふうに自己中心主義だ。

仕事だけなら断ってもいいが、何やら殺人事件がらみと聞かされると、放ってはおけない気分になる。藤田はそういうこっちの弱点を承知の上で、エサをちらつかせたに決まっている。それが分かっていながら、浅見はやはりエサに食いつくことになった。


実業書院は藤田の言ったとおり、真新しいビルだった。駐車場も整っていて、『ゴールデンガイド情報版』の砂川編集長の名前を言うと、すぐに入れてくれた。

どこの出版社へ行っても、編集部の午前十時半といえば、まだ夜中のつづきのようなのがふつうだが、『ゴールデンガイド情報版』も閑散としていて、ほとんどのデスクが空っぽだった。その正面に砂川がいて、こちらに背を向けて立つ女性と何か話していた。話の内容がややこしいことなのか、渋い顔の砂川だったが、浅見に気づいて、救われたように手を上げた。

「やあ、あんた浅見さんでしょう? ちょうどよかった。どうぞどうぞ」

つられて振り向いた女性の顔に見憶(みおぼ)えがあった。女性のほうも記憶を呼び覚ますように小首をかしげたが、とっさには思い出せない様子だ。

「いえ、病気っていうわけじゃないんですけど……」

中村典子は説明に窮したように答えた。

「昨日は落ち込んでいて、とても会社に出る雰囲気じゃなかったんです」

「そうだろう。だからこっちは急遽、ピンチヒッターの手配をしたんだ」

砂川は恩着せがましく言ったが、中村典子は不満そうに反発する。

「だけど、鳥羽行きは明日じゃないですか。私はちゃんと予定、組んでいましたよ」

「そんなことおれは知らないよ。何も連絡がないし、てっきり休むと思ってた」

「そんなの勝手に決めないでくれませんか。休むなんて一言も言ってないんですから。それに、気軽にピンチヒッターなんて言いますけど、けっこう難しいですよ。水族館の取材は。水族館だけじゃなくて、周辺の取材もあるし、慣れてないひとなんかだと、ちょっとつらいんじゃないですか」

「この段階でそう言われたって困るよ。とにかく手空きが誰もいなくて、無理を言って頼んだんだから」

「あの……」と、浅見は揉めている二人のあいだに割って入った。

「せっかくご病気が直ったのですし、手慣れている中村さんが行かれたほうがいいと思います。僕のことでしたら、どうぞ気にしないでください。キャンセルされてもべつに不平は言いませんから」

「いや、それはまずいですよ浅見さん。頼んだのはこっちなんだし。それに藤田さんの話だと、浅見さんは優秀なライターで、引っ張り凧なのを無理して頼んでくれたっていうことだし」

「嘘ですよ、それ」

浅見は頭を掻きながら苦笑した。

「優秀じゃないし、いつもひまで、忙しいのはローンの支払いだけなんです」

「ははは、そいつはいい。いいなあ、いいですよ、そういうの」

　砂川はさかんに「いい」を連発しているが、中村典子のほうは、かえって浅見を軽く見るような表情になった。このひと、ひとが好いだけで、仕事のほうはちゃんとできるのかしら――と心配している顔である。

「あの、浅見さん」と典子は上目遣いに訊いた。

「鳥羽行きのほうは、もうスケジュールを決められたのではないのですか？」

「はあ、一応、決めてありました。もっとも、日帰りですから、宿の心配をしないですみますが」

「えっ、日帰りなんですか？　日帰りじゃ、時間的な余裕がないんじゃありませんか？　鳥羽は遠いし、それに現地での取材、何時間もかかりますよ」

「それは大丈夫です。未明に出て夜中に帰ってくるのです。向こうでたっぷり時間は取れます」

「でも大変だわ……そんなにお忙しいんですか？」

「ははは、ですから、忙しいのはローンのほうでして、取材費をかけるのがもったいないというだけのことです」

「いいねえ、いいですよ、そういう精神がいいんだなあ。うちの連中ときたひにゃ、取材費なんか湯水のように使い放題ですからね。たまったもんじゃない」

　砂川は大いに満足した体で、「浅見さん、お茶飲みに行きませんか、ご馳走します。ノリピーも行こう」と、威勢よく言って立ち上がった。

2

実業書院のビルを出て、真向かいのビルの二階にある喫茶ルームへ行った。

「どういうわけか、当社のビルにはこの手の施設がないのです。社長が真面目（まじめ）だから、飲み食いの店が入って、モラルが低下するのをいやがったという噂（うわさ）がありますがね」

窓際（まどぎわ）のテーブルについて、おしぼりを使い自社ビルを仰ぎ見ながら、いくぶん自慢げに砂川は解説した。

三人ともコーヒーを注文した。

「ちらっとお聞きしたのですが」と、浅見はウェートレスが行ってしまうのを待って、言った。

「中村さんは、泰明出版の長谷さんと親しかったのだそうですね」

「いいえ、親しくなんかありませんよ」

典子は言下に、憤然として言った。

「そんなこと、誰にお聞きになったんですか、編集長ですか？」

キッと睨（にら）まれて、砂川は「おれじゃないよ」と、目の前で手を振って、「ねえ」と浅見に証言を求めた。浅見は「ええ、違います」と頷いてから、言った。

「誰に聞いたのかはともかく、たしか会社に刑事が訪ねて来たとか聞きました。当然、お宅にも行ったのでしょう？」

「ええ、来ましたけど、すぐに帰りました。何も関係ありませんからね。それに、私が気分が悪くて会社を休んだ原因の一つは、長谷さんの事件であることはたしかだけれど、その前に不幸の手紙なんてものがあったせいなんですから」

「不幸の手紙？　そんなものが流行（はや）っているので

すか？」

「知りませんけど、とにかく私のところに不幸の手紙が来たんです。それでいいかげん気味が悪かったところに長谷さんがあんなことになって、なんだか、不幸の手紙を無視したことと事件と関係があるみたいな、いやーな気分だったのです」

「だけどさ、長谷さんがノリピーにしつこかったっていうのは、事実なんだろう」

　砂川が言い、典子は不承不承頷いた。

「それはそうなんですけどね。だけど、それだけのことなのに、なんで私のところになんか来るのかしら」

「よほど手掛かりに乏しいのでしょうね。警察も苦労しているのですよ」

　浅見は彼女を慰めながら、警察に同情的に言った。

「刑事は事情聴取で、どんなことを聞いて行きましたか？」

「どんなことって……長谷さんと最後に会ったのはいつかって。だから、ニュータカオで会ったのが最後だって言いました」

「それから？」

「それから、ばかにしてると思ったんですけど、長谷さんとのあいだに何かトラブルがあったのじゃないかって言うんです。誰かがきっと、余計な告げ口をしたんでしょう」

「それで、それに対してあなたは何て答えたのですか？」

「もちろん、あんなものはトラブルなんかではないって答えましたよ」

「あんなもの――といいますと？」

「ああ……」

　典子はドキッとしたように、しばらく、口を小さく開けたままになった。浅見は興味深く、その表情に見入った。

コーヒーがきて、しばらく会話が途絶えた。その間に典子は気持ちの整理がついたらしい。コーヒーをひと口啜ってから、おもむろに言った。

「つまり、付き合ってくれないかって、長谷さんはそう言ったのですよ」

「確認しますが」と、浅見は一語一語区切るように言った。

「長谷さんは『付き合ってくれ』と言ったのですか?」

「ええ、まあそんなようなことです」

「あ、やっぱり違うのですね。僕は長谷さんという人を直接知りませんが、新聞やテレビのワイドショーで紹介されたプロフィールから受ける印象では、そんなふうに単純に『付き合ってくれ』とか『結婚してくれ』という言い方をする人には思えないのです。同じ口説き文句を言うにしても、何かべつの、ちょっと屈折した、露悪的な言い方をしたのじゃありませんか? たとえば……そうですね、『僕の子を生んでくれ』とか」

自分でも照れるようなことを、浅見はズバリ、言ってみた。そうでもしなければ、この女性の重い口は開けないと思った。

効果は浅見が予想していたよりも、はるかに顕著なものがあった。中村典子の口はさらに大きく開き、ずいぶん長いこと動きを止めていたが、急に憑かれたように饒舌に喋りだした。

「ええ、たしかに、そういう露骨な言い方をしたと思います。だから私、腹が立って、少しきついことを言ったりしたのですけど……でも、あのひと、根はそんなに悪い人間じゃないのかもしれませんよ。ご自分でも言ってましたけど、ガラの悪さや口の悪さほど、ワルじゃないって。独り旅が趣味だなんていうのも、私と似てるし、人付き合いが苦手なだけの、寂しいひとだったのじゃないかって、そのとき思いました」

「なるほど、そうかもしれませんね」

浅見もその意見には共感できるものがあった。それと同時に、典子が長谷という男にかすかな好意に似たものを抱いていたことを確信した。

「それじゃ、あなたと長谷さんは、趣味が独り旅という部分で意気投合したのですね」

「ええ、まあ、趣味が一致したことはたしかですね。でも、意気投合っていうところまではいきませんよ」

「なぜですか？　何かまた、気に入らないことを言われたりしたのですか？」

「そういうわけじゃないですけど、話の途中で長谷さん、急に行ってしまったんです」

「えっ？……」

浅見は驚いた。

「どうしたのですか？　いったい何があったのですか？」

「あら、そんなに驚くほどのことじゃないと思いますけど」

典子はかすかに笑った。

「パーティ会場に知り合いの人がいて、その人のところへ行ったのじゃないかしら」

「どんな人でしたか？」

「知りません。だって、長谷さんが誰に会ったのか、私は見ていませんもの」

「えっ、長谷さんが行った先に、その相手の人はいなかったのですか？」

「それは、会場のどこかにはいたと思いますけど、でも、広いところに大勢の人がいましたから……その時の感じからすると、前にどこかで会ったことのある人を、ハーブ庭園の見学中に見かけていて、その人が誰だったかを思い出したみたいだったのです。だから、きっと、また忘れてしまわないうちに確かめておこうとして、会場内を探しに行ったのだと思いますよ」

「そんなことで、あなたのことをほっぽって、行ってしまったのですか？」

「まあ、そうですけど」

「ふーん、それは変ですねえ」

「そんなに変でしょうか？」

「ええ、変ですね。だって、長谷さんは長谷さん独特のやり方で、あなたにプロポーズしていたのでしょう。しかも、それまではほとんど毛嫌いしていたあなたが、独り旅の趣味が一致したことで、長谷さんに好意のようなものを抱きはじめた、じつに大切な状況だったのじゃありませんか？　その肝心な時に、誰のことを思い出したにせよ、あなたを捨てて探しに行くなんて、これは天地がひっくり返るほどの異常事態ですよ」

「やだ、そんな大げさな……」と笑いかけて、典子は浅見の深刻そうな目つきに気づき、表情をこわばらせた。

浅見は典子の目を見つめながら、催眠術師のようにゆっくりした口調で言った。

「あの日あの時、長谷さんとどんな話をしたか、思い出して、僕に話してみてくれませんか。長谷さんがあなたにおかしなプロポーズをして、あなたが腹を立てて、それから独り旅の話をして……あなたは少し長谷さんのことが好きになっていった……」

「ああそうだ、あのひと、長谷さん、変なことを言ったんです」

ふいに、典子ははじかれたように、視線をあらぬ方向に向けた。

「変なこと？」

「ええ、庭園見学のあと、立食パーティが始まってから、長谷さんがもう一度私のところへ来たときに、『半分の馬を見た』って」

「半分の馬？　何ですか、それ？」

「分かりません。何のことか……ただ、北海道へ行った時に、半分の馬を見たって言ったのじゃないかしら。だから、牧場かどこかでそういう光景を見たのかなって思って、ちょっといやだなって思ったとき、急に『あっ』って思いついたみたいに、『そうか、あそこで見たんだ』とか言って、嬉しそうに笑って、『ほんと面白いなあ』って……それで、行ってしまったんです」

幼児のようにたどたどしい話し方だったが、それがかえって、記憶を辿って語ったという信憑性を感じさせた。

「半分の馬、ですか……」

浅見は反芻するように言ってみた。

半分の馬——という言葉からは、たぶんそのとき典子が連想したのと同様、残酷な血生臭い光景しか思い浮かばない。胴体を真っ二つにされた馬の死骸が、広い牧場に転がっている——。

常識的に考えれば、そんな光景が実際にあるとは思えないが、それだけに、そんな現場に出くわしたなら、相当のショックであろうことはたしかだ。

「長谷さんは、その時、面白いって言ったのですか？」

浅見は顔をしかめながら確かめた。

「ええ、笑いながら、面白いなあって……あの、私、むかし、子供のころ、近所に悪ガキがいて、猫を水の入った桶に入れて、蓋をしているのを見たことがあるんです。その子、蓋を押さえながら、こっちを見てニタニタ笑っていたんですけど、そのことを思い出しちゃいました……」

「長谷さんはその馬の話をしていて、何かを思い出したのですね？」

「ええ、話の途中で、急に何かを思いついたように『あっ』と言って、それから一瞬ぼんやりしたような顔をしてから、『そうか、あそこで見たんだ』とか言ってました」

「ということは、つまり、半分の馬を見た場所で、誰かと会ったという意味なのでしょうか？」

「そうじゃないかしら。『半分の馬』って言ったとたん、『あっ……』て思い出した感じでしたから」

「『半分の馬』がキーワードですか……それにしても、いったい、そんな光景をどこで見たのですかねえ……」

浅見が首をかしげ、典子も「さあ……」と当惑げに浅見を見つめた。

「そんな、半分の馬が転がっている風景なんて、あるとは思えないがねえ」

それまで黙って二人の会話を傍観していた砂川が口を開いた。

「誰も、半分の馬が転がっているなんて言ってませんけど」

典子がクレームをつけた。

「ああ、そうだけどさ。しかし、半分の馬が立ってるとは思えないだろう。ねえ、どうですか、浅見さんだって同じイメージを抱いたんじゃありませんか？　転がっているっていう」

「そうですね、僕もそう思いました」

「そうでしょう。ほらみろ、誰だってそう思うさ。それともノリピーは違うっていうのかい？」

「それは、そうですけど……だけどそんな残酷な光景、想像もしたくありませんよ」

「しかし、長谷さんはそれを見たっていうんだから、現実にあったってことだろう。まあ、北海道は馬の産地だから、そういう風景だってあるのかもしれない。馬っていったって、なにもオグリキャップやビワハヤヒデばかりじゃないよ。食肉用の馬だってあるんだからね」

「やめてください」

典子は悲鳴を上げた。

「ははは、そうか、きみはビワハヤヒデのファンなんだっけ。まあ、あのへんの馬はともかく、競走馬だってうだつの上がらないヤツは、さっさと食肉用に回されるそうだぜ」

典子は目をつぶり、耳を覆って動かなくなった。

砂川は愉快そうに笑っている。

「あのォ……」と、浅見はしばらく間を置いて、恐る恐る言った。

「警察は何て言ってました？　そのことについて」

「そのことって？」

「つまり、半分の馬のことです」

「話してませんよ、そんなこと」

典子は憤然としたように言った。

「えっ、どうして話さなかったのですか？」

「だって、訊かれませんでしたもの」

「しかし……」と言いかけて、浅見は口を噤んだ。

警察の捜査テクニックというより、この場合は事情聴取される側の協力度不足というべきかもしれない。それにしても、「半分の馬」などという重要なキーワードを聞き逃しているようでは、捜査の進み具合に疑問と不安を感じないではいられなかった。

コーヒーを口に運び、その冷たさで目が覚めたように、浅見は「それでは、これで失礼します」と立ち上がった。

「えっ、明日の件の打合せはどうするんです？」

砂川は慌てて、間抜けな顔になった。

「は？　それは、鳥羽には中村さんがいらっしゃるのでしょう?」

浅見のほうも目を丸くした。

「でも、それじゃ浅見さんに悪いですから、私は下りますよ」

「ははは、僕のほうは気になさらなくてもけっこうですよ。どうせひまだったのですから。それじゃ、コーヒーご馳走になります」

浅見はペコリと頭を下げて、そそくさと店を出た。背後で砂川と典子が何か言っているようだったが、聞こえないふりをして階段を駆け降りた。

気持ちはすでに、鳥羽の水族館から三鷹警察署に向かっていた。こんな面白い話にぶつかって、放っておけるわけがない——と思った。そう思いながら、ふと、長谷が中村典子に「面白い」と言ったという、そのことを連想していた。長谷もまた、「面白い」と言って行動を開始したのだ。

(似ているな——)

いろいろな面で、長谷という人物は自分と似たところがあるのかもしれない——と浅見は思った。独身というのもそうだが、何かを見て「面白い」と感じたり、すぐに行動に移したくなる軽率な体質がそっくりだ。

その長谷が、「半分の馬」のキーワードで思いついた「面白い」こととは、いったい何なのか、浅見はソアラのキーを回しながら、ゾクゾクする感興に背中を押されるような想いがしていた。

3

三鷹警察署はものものしい気配に包まれていた。相次いで起こった二つの凶悪犯罪に、社会の注目が集まっているのだから、無理もない。玄関の両脇には「井の頭公園バラバラ事件捜査本部」「井の頭公園殺人事件捜査本部」と、見た目には紛らわしい貼り紙が出ている。バラバラ事件のほうは、いまのところ「死体遺棄事件」であって、まだ「殺人事件」と断定されたわけではないのだが、状況から見て、いずれ殺人事件と判明するにちがいない。そうなった場合はどういう色分けにするのだろう。

浅見は受付に行って、「長谷さんが殺された事件を担当している刑事さんにお会いしたいのですが」と言った。受付の婦警は優しい無表情で「どのようなご用件でしょう?」と訊いた。

「ちょっと、捜査の参考になるようなことをお伝えしたいのです」

婦警の目に(タレ込み?——)といいたげな光が浮かんだ。

「失礼ですが、どちらさまでしょう?」

浅見が名刺を出すと、「ちょっとお待ちください」と、目の前の電話を取って、どこかに連絡した。しばらくすると、中年の刑事が現れた。婦警から浅見の名刺を受け取って、「えーと、おたくさんですか?」と浅見に近寄った。

「何か、捜査の参考になることを知っているとか」

「ええ、たぶんそうだと思うのですが、それでですね、もしできれば、中村典子さんに事情聴取された刑事さんにお会いしてお話ししたいのですが」

「はあ……」

刑事は警戒の色を見せた。

「失礼ですが、浅見さんは弁護士さんではありませんね?」

肩書のない名刺と、スポーツシャツにブルゾンという浅見の風体を見比べながら、言った。

「ええ、僕はフリーのルポライターをやっています」

「ふーん、ルポライターですか……」

弁護士でなければ――ということなのか、思わず鼻の頭に皺を寄せた。どうやら、ルポライターはあまり好感の持てる職種ではないらしい。

「それで、どういった話です？」

露骨にぞんざいな口調になった。

「中村典子さんに事情聴取をされた刑事さんはいらっしゃいませんか？」

浅見は微笑を浮かべて言ったが、刑事のほうはにこりともしない。

「どういった話かと訊いているのです」

「ですから、中村さんに事情聴取をされた刑事さんにお話ししたいと……」

「話の内容を聞いた上でないとねえ」

「驚きましたねえ」

「何が？」

「担当の刑事さんがいるかいないかなんてことでも、秘密にしておかなければならないのですか。それで開かれた警察だとか、暴力を見たら一一〇番だとか……」

浅見は意識的に声のトーンを上げた。受付の婦警はびっくりした目をこっちに向けた。ほかにも外来の客が通る場所である。

「分かった、分かった」

刑事は苦い顔をして、「じゃ、こっちへ来てください」と先に立って歩きだした。

予想したとおり、取調室の中に案内された。刑事がこけおどしにやりそうな手口である。浅見は馴れっこだが、鉄格子の嵌まった窓や、ドラマでお馴染みのスチールデスクなど、この殺風景を見れば、純情な一般市民だったら萎縮してしまうにちがいない。

刑事はスチールデスクの向こう側に座り、浅見に椅子を勧めて、「さあ、それじゃ話を聞きましょうか」と言った。

浅見は呆(あき)れた。

「ですから、担当の……」

「ああ、そうそう、自己紹介がまだだったかな。その中村さんに事情聴取をした担当の刑事は私。谷奥といいます」

無造作にポケットから「刑事課巡査部長」の肩書のある名刺を出した。

「えっ、なんだ、そうだったのですか。人が悪いなあ……いや、失礼しました」

浅見は笑い出しそうになりながら、あらためて頭を下げた。谷奥部長刑事もつられて、ニヤリと笑った。

「しかし、お忙しいはずの部長さんが署内にいるというと、もう事件のほうは片づきそうなのですか?」

「ははは、そりゃ皮肉ですかね。その逆、さっぱり進展しないってところですな」

谷奥は言って、慌てて口を抑えた。

「あ、いけね、こんなことを言っちゃいけねえな。いまは捜査会議を終えて、昼飯を食い終わったところですよ。そんなことはどうでもいいが、それで、浅見さんの話っていうのは何なのです?」

急に怖い顔を作った。

「まず、浅見さんと中村典子さんの関係から聞かせてもらいましょうか」

「関係はほとんどありません。僕が仕事を頼まれた先の出版社に、中村さんが勤めているという、それだけのことです。ですから、僕が谷奥さんをお訪ねしたことで、中村さんに迷惑がかかるのは困るのです。できれば今日のことは内緒にしておいてください」

「ふーん、まあ、内緒にしておくのはいいが、しかしそれだけの関係で、何を知っているというんです?」

「たまたま、今日、その出版社に行って、中村さんと会いまして。じつは、中村さんとはその前の熱海のホテルニュータカオのイベントの際にも、チラッと顔はお見かけしたのですが、ご挨拶したのは今日がはじめてなのです。それでたまたま、長谷さんの事件の話になりまして、そのときの中村典子さんの話だと、長谷さんは熱海のホテルで誰かに会って、その人物と接触した可能性があるということでしたが、その話は谷奥さんもお聞きになっているはずですね?」

「そう、そう言ってましたよ」

谷奥は頷いた。

「問題は、そのときの状況なのですが、彼女の話を聞くかぎりでは、プロポーズといっていいような、かなり大切な話の途中に、突然、長谷さんが何事かを思いついて、その人物のところへ向かったような感じだったということですが」

「ああ、そんなことでしたね」

「その話を聞いて、僕は疑問というか、奇妙に感じた点が二つあります」

「二つ?……」

「ええ、一つはいったい、話を中断してまで会いに行かなければならない相手とは、何者だろう――ということです」

「ああ、そのことは私も疑問に感じましたがね、中村さんはまったく知らないと言ってましたよ。しかし、もう一つの疑問というと何なのです?」

「それはですね、長谷さんが大切な話の途中で、なぜ別のことを思いついたのか、それが不思議でならなかったのです」

「はあ、そんなに不思議ですかね」

「ええ、大いに不思議です。僕はあまり経験がありませんが、女性を口説くという大事業の最中に、雑念が紛れ込んだどころか、女性をほっぽって行ってしまいたくなるほどの重大事を思いついたわけでしょう。愛も恋も忘れるほどの重大事を思いつくには、何か、よほどショッキングなきっかけがあったに違いないと思ったのです」

「なるほど」

谷奥の眼球が一瞬、ススッと左右にぶれるのが見えた。

「それで、中村さんにそのことを訊いてみました」

「ほう、で、分かったのですか?」

「ええ、分かりました。そのとき、長谷さんは『半分の馬を見た』と言ったのです」

「半分の馬?……そいつはたしかにショッキングだが、だけど何ですか、それ?」

「分かりません。分かりませんが、しかし中村さんの話だと、『半分の馬を見た』と言った瞬間、長谷さんが何かを思いついた様子を見せたことは間違いないようです」

「半分の馬ねえ……」

「話の様子だと、長谷さんは北海道旅行をしていたときに半分の馬を見たようですから、たぶんその半分の馬を見た場所で誰かと出会って、その人物をあの会場で見かけたのじゃないかと思ったのですが」

「ふーん……」

谷奥は腕組みをしたが、憂鬱（ゆううつ）そうに顔をしかめて、二度三度、首を横に振った。

「どうも、さっぱりわけが分からんですなあ。半分の馬とは何なのか、それでもって誰のことを思い出したのか……第一、そのことが事件に結びつくものかどうか……」

「お調べになる価値はあると思いますが」

「そうねえ、あるかねえ……」

谷奥は気乗りのしない反応を見せている。それが本音なのか、それとも警察官特有のおとぼけなのか、はっきりしなかった。

「それから、中村さんは不幸の手紙の話をしていましたが、それについて谷奥さんはどうお考えですか？」

「ああ、そんなことを言ってましたね。しかし、不幸の手紙なんてものはタチの悪いいたずらでしょう」

「そうでしょうか。僕には何か重要な意味があるような気もするのですが」

「重要な意味って、何です？」

「それは分かりません。単にそういう勘がするというだけのことです」

「ははは、勘じゃ話にも何にもならないじゃないですか」

「しかし、勘こそがすべての発明発見の端緒になるともいいます」

「まあ、それはそうかもしれないが……」

しばらく思案に耽（ふけ）ってから、「ところで浅見さん」と、谷奥刑事部長は反撃するように言った。

「あんた、この事件にそんなに関心を持つのは、何か特別な理由でもあるのですか？」

「いえ、べつに」

「ふーん、理由もなしにそんなに熱心なのはどういうわけです？」

「それはもちろん、凶悪犯罪が一刻も早く解決すれば、市民は枕（まくら）を高くして眠れると思うからです……というのは建前で、じつは特ダネを取りたい気持ちもないわけではありませんけど」

「ふん、まあそんなところだとは思いましたがね、しかし、情報を持ってきたからって、警察があんたに特別な配慮をするようなことはありませんからな」

「分かってます」

浅見は苦笑しながら頷いて、「ところで谷奥さん」と、谷奥の口調を真似て言った。

「ここで起きたもう一つのほうの事件――バラバラ事件の捜査は、その後、進展しているのですか?」

「ん? さあどうかな。私はそっちのほうはノータッチだから、詳しいことは知りませんよ」

谷奥はそっぽを向いて言ったが、同じ署の狭い刑事課の中である。捜査の進展具合を知らないはずがない。

「事件発生から二十日も経つというのに、手掛かりがあったというニュースを聞きませんが、捜査は行き詰まっているのじゃありませんかね?」

「いや、そんなことはない。あれだけ残虐なバラバラ事件だからねえ、怨恨による計画的な犯行と見て、捜査の対象を絞り込んでいるはずですよ」

「あ、それ違いますよ」

「違うって、何が?」

「怨恨というのも、それに計画的犯行というのも違ってます」

「ははは、あんた、素人さんがそう簡単に間違っているなんて言ったって、こっちは困っちゃうねえ。ああいうやり方というのは、われわれの長年の勘からいっても、常識的にいっても、怨恨のセンははっきりしているんだから」

「それは逆です。怨恨のセンがないことだけははっきりしているというべきですよ」

「いうべきったってねえあんた……」

谷奥は(しようがねえな――)と言わんばかりに首を振った。

4

井の頭公園バラバラ事件の発生は、清掃員が公園内のゴミを回収している際、分別収集しようとして、偶然のようにゴミ用のポリ袋に入った死体の一部を発見したことから始まった。

死体は大きなものでも長さ二十センチあまり、かなり細かく切断されていて、現在までに、公園内に点在するゴミ容器に二十四の袋に分けて捨てられているのが発見された。しかも、頭部と胴体という大きな部分はいまだに発見されていない状況である。

死体がバラバラになっている上に、指紋や掌紋まで削り取られた状態であったことから、当初、難航が予想されていた被害者の身元については死体発見の三日後に判明している。予想外に素早かったのは、公園に近い武蔵野市吉祥寺南町に住む一級建築士・園山徹二という人物の夫人から警察に捜索願が出されていたからである。

園山は死体発見の前々日、勤務先である山手線高田馬場駅に近い建築設計事務所を夕刻に出て、以前勤めていた会社の元同僚などと食事、酒を飲んだあと、午後十一時半ごろ元同僚と新宿駅で別れ、それ以降行方が分からなくなっていた。

園山は吉祥寺駅に近い二世帯住宅に両親、妻、長男の五人暮らしで、まもなく第二子が誕生する予定であった。家族も勤め先の者も、口を揃えて「温厚な人柄で、トラブルめいたことはまったくない人だった」と話している。夫婦仲もよく、両親とのあいだもうまくいっていたし、園山は子供の面倒もよく見た。前の晩も風呂に入る前に妻が園山に散髪してあげている。「おれはここ数年、理髪店に行ったことがない」というのが、園山の自慢でもあった。

吉祥寺駅から自宅までは、歩いてせいぜい七、八分の距離である。午後十二時ごろと推定されるにしても、吉祥寺界隈の夜は遅くまで人通りがあり、目撃者が一人も現れないというのは不思議なくらいだ。

唯一、駅付近の飲食店従業員の話として、「夜中に近くでドーンというような音がしたのを聞いている」という証言があった。交通事故かと思って外を覗いてみたが、それらしい様子もなかった——というのである。警察が近くの道路上を調べたが、血痕やライトの破片などもなく、事故があったかどうか、はっきりしない。ただ、ゴミ容器から発見された中に、二十センチばかりの腸の末端部分があって、そこには異常な血瘤が見られた。その点から、かなりの腹腔内出血があったと推定される。その原因は交通事故等による外的ショックとするのがごく常識的だ。それならば、事故があったと思われる場所に、血痕がなかった理由も説明がつく。そして、それほどの出血があったことからいうと、おそらく被害者はほとんど即死——ショック死状態で死亡に到ったものと考えられた。

死体の身元が割れた日の夜、名古屋空港で中華航空機の墜落事故が発生、二百何十人という死者が出た。テレビも新聞もその事故でもちきりとなって、井の頭公園のバラバラ事件報道はかすんでしまった。浅見のような一般人は新聞とテレビ、週刊誌あたりから知識を得るしか方法がないのだから、こんな情報不足の中では、きちんとした推理をするのが、かなり難しい。谷奥もそう信じているにちがいない。

「それじゃあ、浅見さん、あんたはどう思っているのかね？　一応、話を聞かせてもらおうじゃないですか」

谷奥はお手上げのポーズをしてみせながら、からかうような口ぶりで言った。

「僕は新聞やテレビで知りえた程度の情報しか持ち合わせていませんが、それでもはっきりしていることはいくつもあります」

浅見は自信たっぷり、断定的に言った。

「第一に、犯人はこの付近の住人であること、第二に、犯人と被害者は面識もないまったくの無関係であったこと。第三に、犯人は二人で、二人とも か、あるいは少なくともその内の一人は女性であること。第四に犯人はある程度地位のある著名な人物であること。第五に犯人の家は車もあり、ガレージか駐車場が邸内にあること。第六に……」

「ちょっと待った！」

谷奥が我慢ならん——というように両手を前に突き出して、ストップをかけた。

「あんたねえ、そんな当てずっぽうみたいなことを並べたてたって、何の意味もないだろう」

「そうでしょうか。いま言った点だけでも、犯人の性格や輪郭ははっきりしてくると思いますがねえ。この条件に当てはまる人物を洗い出せば、かなり捜査の範囲は絞れるのじゃありませんか」

「そんなこと……それじゃ訊くが、殺しの動機は何だね？　動機も分からないで、犯人像を特定できるはずがないだろう」

「殺しの動機なんかありませんよ」

「動機がない？　何を無茶苦茶言ってるんだい」

「それじゃあお聞きしますが、警察は分かっているのですか？　動機は何だと思っているのでしょうか？」

「だから、それが特定できないから難航しているんじゃないか。それが分かれば事件は解決したも同然だよ」

「ほーら、そうでしょう、分からないのでしょう。分からなくて当然なのです。だって、動機はないのですからね。あのバラバラ事件は、単純な物取り目的の犯行ではないし、通り魔のような行きずりの犯行でもない。その点ははっきりしているでしょう？　もしそういう動機だったとすれば、あんなにご丁寧に死体を切り刻むことはないし、そもそも身元を隠す必要そのものがないはずですからね。同じ理由で、喧嘩（けんか）による傷害致死でもありません」

「だから言ってるじゃないか、怨恨による犯行だと」

「怨恨というと、当然顔見知りの犯行ということになりますか」

「もちろんそうだ」

「だとすると、死体を細かくバラバラにしたり、指紋や掌紋を削り取った目的は何なのですか？」

「決まってるだろう。身元を分からなくするためじゃないか」

「なるほど……しかし、身元はすぐ、ほとんど事件発生直後といっていいタイミングで判明したのではありませんか？」

「ああ、それはそうだ。近くの家で行方不明者が出ていたからね。身元を照合してすぐに同一人物であることが分かった」

「そうそう、そうでしたね。これがもし、はるか遠く――たとえば大阪の箕面（みのお）の山中あたりに捨てられていたりしたら、そう簡単に発見されなかっただろうし、身元の照合もできなかったのではないでしょうか」

「それは、まあ、そうだろうなあ」

「それが、こともあろうに被害者の住居のすぐ近くといってもいいような井の頭公園に捨てたのはなぜだと思いますか?」

「?……」

「理由は簡単です。要するに、犯人にとっては被害者がどこに住んでいても関係のないことだったのですよ」

「……」

「つまり、犯人と被害者は顔見知りでも何でもなかったことにほかなりませんし、もちろん、怨恨が生じるような関係であるはずもないのです」

「うーん……」

谷奥部長刑事は唸り声を発した。唸り声の中から、脳髄を搾り出すようにして、辛うじて反論した。

「動機は……それじゃ、動機は何だというのかね?」

「ですから、動機なんてものはなかったと言っているのです。怨恨もなし動機もなし。要するに、あれは事故だったのでしょうね」

「事故?」

「ええ。たしか、事件の夜、吉祥寺駅付近で交通事故を想わせるような物音がしたという話があったではありませんか。それに、被害者の死因は外傷性ショック死と認定されたのでしょう? この二つの事実と、その後の犯人の行動を組み合わせれば、事件が交通事故死であり、死体をバラバラにしたり、指紋や掌紋を削って遺棄したりしたのは、それを隠蔽しようとした工作であることは明らかです。現場付近の人が聞いたという物音の度合いや、外傷性ショック死であったという点から想像すると、事故そのものはそれほど大きなものではなかったと考えられます。肉体的な損傷も大したことはない軽い接触だったが、不幸にも結果的に死に到った。したがって、車の側にもそれほど顕著な損傷はなかったでしょう。事故現場に塗料などの遺留物も残っていないでしょうし、板金塗装工場などの聞き込みから事故車が特定できるかどうかも疑問だと思います」

「うーん……」

谷奥はまた唸った。唸りながら反論の余地を模索している様子が、浅見には手に取るように見える。

「しかし、その程度の事故であればだ」と、谷奥は言った。

「事故を届けたほうが、轢き逃げ死体遺棄よりはるかに有利ではないか。ことによると、被害者側にも道路へ飛び出したとか、酔っぱらっていたとか、過失責任があったかもしれない。それにも関わらず、犯人はなぜ最悪の手段を選んだのかね」

「それは犯人の立場と、その時の心理状態になってみないと分かりません。犯人にはたぶん、届け出るわけにいかない、何らかの事情があったにちがいありませんよ。殺人・死体遺棄の追及を受ける危険性を冒してでも、事故を隠蔽しなければならないような事情が、です」

「どんな事情かね？」

「いろいろなケースがあるでしょうね。ミステリー小説に『轢き逃げ』という作品がありますが、実際に死亡事故を起こした場合の加害者の異常心理は、想像を絶するものがあると思います。ことに自分に過失がある場合——たとえば、無免許だとか酔っぱらい運転だとか、その場合には何とかして事故を隠蔽しようと必死になって頭を働かせるのではないでしょうか。しかも、今回の事件には、そんな単純な理由だけでなく、もっとべつの事情があったのではないかと思います」

「というと？」

「犯人がどうしても名前を出したくない人物であったか、あるいは、そこにいてはならないはずの人物であったか……」

「ん？……」

谷奥は鼻を突き出すような顔をした。

「前のほうは分かる。あんたがさっき言った、地位のある有名人ということだな。しかし、後のほうの、そこにいてはならない人物というのは、何だね？」

「いえ、正確には、そこにいてはならないはずの人物――です」

「どっちでもいいが、たとえばどういう人間のことを言っているのかね」

「たとえば、そうですね……アリバイが必要な人物なんかはどうでしょうか」

「アリバイ？　というと、何かの犯罪に関わっている人物とか」

「あくまでも仮定の話です」

「ふーん……」


谷奥はついに考え込んでしまった。浅見も根気よく部長刑事の思案に付き合った。しかし、あまりにも長い沈黙にしびれを切らして、浅見のほうから口を開いた。

「ただし、僕の推論には一つだけ説明できない点があるのです」

「ん？　ほう、それは何だね？」

「さっきも言ったことなのですが、犯人はなぜどこか遠くへ死体を遺棄しなかったのか、それが不思議です」

「そう、そうだよ、それだよ。私もそのことを言いたかったのだ」

谷奥はがぜん息を吹き返した。

「あんたがさっき言ったように、どこかの山の中にでも捨てればよかったのだ。私だったらそうする……いや、仮の話だがね。しかしそうだよ、そうすればよかったのだ。なんだって現場近くに死体遺棄するなんて、ばかなことをしたんだ？　どういうことなんだろう、浅見さん、あんた、どういう理由があったと思う？」

浅見は胸の内で微笑した。谷奥が初めて自ら浅見の意見を求めたのだ。

「これも犯人の心理状態を推理するしかないのですが……」

浅見は取調室の乾いた壁を見つめながら言った。

「犯人は怖かったのじゃないでしょうか」

「怖かった？」

「ええ、死体を車に乗せて、どこかへ運ぶことが怖かったのだと思います。心理的な怖さばかりでなく、途中で酔っぱらい運転の検問に引っ掛かったり、不測の事故を起こしたりして、死体を積んでいることを見られる危険性があることを恐れたのかもしれません。それよりも、いっそ自宅の中でひそかに死体を切り刻んだほうがいいと……」

「ほんとかね、死体を刻むほうが怖くはなかったのかな」

「いわゆるオタク的な性格の人物なら、そっちのほうを選ぶでしょうね」

谷奥は肩をすくめて見せたが、もはや反論はしなかった。反論の代わりに「浅見さん、あんた、なかなかのもんだなあ」と称賛の言葉を発した。

「捜査本部に何十人もの刑事がいるが、あんたほどの仮説を立てた者はいないだろうな。いや、もちろんその仮説が当たっているかどうかは別だけどさ。しかし、とにかくよくそこまで考えたもんだ。私も、聞いていて、それが事実のような気がしてきたものな」

「たぶん事実だと思いますが」

「ははは、そうはいかんですよ。捜査はあくまでも事実関係の積み重ねだからね。仮説は仮説として、その裏付けを一つ一つ取っていかなければならない。それがじつに厄介でしてね」

「でしたら、僕の仮説を捜査に取り入れたらいかがですか?」

「うーん、そうだなあ、私がそっちの捜査本部に参加していればすぐにでも提案するところなのだが……これで、いろいろあってね、なかなか難しい」

谷奥はわずかに顔をしかめた。同じ署内にあるといっても、捜査本部は本庁捜査一課の主導だけに勝手な干渉はしにくいところがある。まあ非公式に同僚の刑事を通じて捜査会議などの場で意見を述べさせ、捜査方針に反映させる程度のことになるのだろう。

「かりにあんたの考え方で動くとしても、捜査の現場は難しい作業になると思うなあ」

谷奥は憂鬱そうに言った。それはそうかもしれない——と浅見も思った。吉祥寺や井の頭公園付近の住人といったって、三鷹市や武蔵野市はいわば人口密集地帯である。そこに住む住人を片っ端から調べるのは事実上不可能に近い。浅見の立てた仮説に該当しそうな人物だけでも、かなりの数にのぼるだろう。それを、まさか一軒一軒、家探ししたり、風呂場に入り込んで、ルミノール反応を調べたりできるものではない。

「しかし、手掛かりが何もないよりは、はるかに前進であることは確かだ。うちの課長に伝えますよ」

谷奥は気張って言ったが、空元気のような感じもしないではなかった。

第三章　日勝峠

1

根津刑事課長は谷奥の話を聞いていても、ほとんど表情を変えなかった。かなり長い話だったが、その間ずっと、「うん、うん」と相槌を打つだけで、積極的に質問する様子も見せない。一応、ちゃんと話は聞いているとは思うのだが、内容を理解したのか、多少は心を動かされるものを感じたのかなど、さっぱり摑めなかった。

谷奥にしてみれば、むしろ案の定——という気もしないではなかった。浅見にも言ったように、この手の「提言」は難しいものなのである。

根津は谷奥よりたしか三つばかり若いが、れっきとした警視である。それでも、国立大学を出たにしては出世の遅いほうだ。そのへんが原因で、多少屈折したようなところがあるのかもしれないが、とっつきにくい上司であった。

警察という職場は、ほぼ二年乃至三年程度の周期で異動人事が行われる。銀行と同じで、地元との癒着や職場内部の空気が澱むのを防止する意味がある。したがって、ふつうの会社などと異なり、署内での人間的な付き合いは通り一遍のものになりがちだ。

ことに最近は警察官もサラリーマン化し、オタク的人種が増えたせいで、若い署員など、時間が来るとさっさと退庁してしまう。帰りにちょっと一杯——といったような、仲間同士でコミュニケーションを図る風潮も影をひそめた。

上司と部下の関係はさらに希薄で、テレビの刑事物のような人間味あふれる交流など絵空事でしかない。早い話、部下がヤクザと付き合ったり覚醒剤をやっていたりしても、上司はもちろん、同僚でさえ把握できていないような事例がいくらでもあるのだ。

「きみが話した程度のことは、長井君だって分かっているだろう」

　話し終えてしばらく間があってから、根津は無表情のまま言った。「長井」というのは、バラバラ事件のほうの捜査主任を務める、警視庁捜査一課の警視である。階級も同じ警視だし、根津より若いはずだから「君」づけで呼ぶのも当然といえば当然かもしれないが、そこには本庁で主流を行く長井に対する根津の対抗意識が剝き出しに示されているのが感じ取れた。

「そんな、素人が言って来た思いつきのような話を持っていったら、かえって長井君に失礼だし、笑われるよ、きみ」

　根津は無表情を解いたと思ったら、薄ら笑いを浮かべた目を谷奥に向けた。

「はあ、そうでしょうか」

「当たり前だよ。ルポライターだか何だか知らないが、どうせネタ欲しさに接近してきたやつに決まってる。きみほどのベテランが、そんなのにひっかかってるようじゃ困るじゃないか」

「はあ、申し訳ありません」

　頭を下げながら、谷奥の脳裏には浅見という男の爽やかな風貌が浮かんで、消えた。あの男のことを「ネタ欲しさ」だけとは、とても思えないのだが――。

　ひょっとすると、根津の頭のどこかには、浅見の「提案」が当たっていて、まかり間違ってバラバラ事件のほうが片づいたりしたのでは面白くない――という意識が働いたのかもしれない。

「それより、肝心の長谷幸雄の事件のほうはどうなってるのかね。きみはたしか、長谷の仕事先関係のほうの聞き込みをやっていたのじゃなかったか?」

根津課長はその問題から離れたい――とでも言いたそうに、口調を変えて言った。

「はいそうです。そっちのほうは多少の収穫がありまして、長谷が事件の二週間前、熱海のホテルニュータカオで何者かと会っていることを突き止めました」

「ほう、その人物が怪しいのか」

「いいえ、それはまだ分かりません。ただ、長谷はその人物と以前、どこかで会ったことがあり、そのことに何か重大な意味があるような気がするのです」

「ふーん、どういう意味があるのかね?」

「そこまではまだ……」

「しかし、きみがそう考えるからには、何らかの理由があるわけだろう」

「はあ、それはですね、長谷がその人物のことを思い出した際、かなり意気込んだ様子で、その人物に会いに行ったと、目撃者が語っておるからです。しかも、その日の夕刻、会社の上司や同僚が見た印象でも、長谷は気負った様子を見せていたということでありまして、いかにも何かのネタを摑んだといった感じだったというのです」

「つまり、その人物のスキャンダルか何かを摑んだということか」

「おそらくそうではないかと……」

「なるほど、だとすると、その人物の洗い出しが先決だな。分かった、いいだろう、今夜の捜査会議で私がその件を提案しよう」

「はい、よろしくお願いします」

頭を下げながら、内心（この野郎――）と谷奥は思った。おいしいところは自分の手柄のように発表しようという根津の魂胆が見え見えだ。

　捜査会議ではその根津刑事課長の「提案」が最大の目玉になった。というより、出席した捜査員たちの報告の中に、それ以外に目立った収穫や進展が見られなかったといえる。捜査はまったく行き詰まっているのだ。

　根津は一応、部下の谷奥の聞き込みであることに触れたが、それはあくまでも、自分が率いる三鷹署刑事課員の――という点を強調するマクラのようなものにすぎなかった。警視庁捜査一課の面々に対抗して、所轄署の刑事もなかなかの活躍である点をアピールしたようなものだ。

　それはともかくとして、手掛かり難をかこついまの状況では、この「発見」は闇夜の中の一筋の光明のようなものである。ただちに捜査員の主力をこっちのセンに振り向けることになった。

「井の頭公園殺人事件」捜査本部を指揮する主任捜査官は、警視庁捜査一課の小西警視だが、小西は「バラバラ事件」の長井警視と同年輩で、それだけに長井との功名争いの意識が働くはずだ。熱海のホテルニュータカオ関係者に対する聞き込み捜査にも、手駒である警視庁のスタッフの大半を振り向けて、谷奥たち所轄の刑事は何となく疎外されたような恰好になった。

　ただし、小西警視たちの意気込みにも関わらず、ニュータカオでの聞き込み捜査は難航した。ホテル側のガードが固くて、ハーブ庭園お披露目会の招待客へのアプローチがなかなかできなかったのである。ニュータカオの支配人もオーナーも、守秘義務を楯に頑として情報提供を拒否した。たとえ警察の頼みでも、お客様のことはお教えできないというのである。捜査当局は仕方なく、ＰＲアバウトの市岡に矛先を向けて、なかば脅しをかけるようにして、ようやくお披露目会出席者のリストを手に入れた。

　リストを入手したといっても、出席客の顔ぶれを見れば、手をつけにくい相手が多いことに当惑する。ホテル側の招待客には熱海市長をはじめ政財界の名士も少なくないし、ＰＲアバウトが担当したマスコミ関係者にしたって、うるさ型であることに変わりはない。第一、殺人事件の被害者と緊密な付き合いがあったかどうかと訊かれて、「はいありました」と素直に答える人間は少ないだろう。トラブルがあった場合はなおのことである。それをまた、「嘘をついているのだろう」と追及はできない。相手は被疑者ではないのだ。それでもともかく、丹念に事情聴取をつづけていったが、期待したほどの収穫はいっこうに上がる気配がなかった。

　谷奥たち三鷹署の刑事は、ニュータカオ方面の捜査からは外され、大半が相も変わらず繰り返されている事件現場周辺を中心とする聞き込み作業に従事していた。現場周辺の店舗や住宅を一軒一軒、各捜査員が入れかわり立ちかわり訪ねては、事件当夜、長谷や犯人とおぼしき不審な人物をみかけなかったかどうか――根気よく聞いて回る。

　しかし、井の頭公園内の夜は、例のバラバラ事件が発生して以降、すっかり寂れてしまって、アベックも近寄らない。長谷が殺された夜だって、文字通り人っ子ひとりいなかったとしても不思議はないくらいだ。不審人物の目撃者が現れる可能性は、ほとんど期待できそうになかった。

　聞き込み捜査では、事故防止の意味もあって、刑事はたいてい二人ひと組で行動することが多いのだが、人手不足で必ずしも原則どおりいかない場合もある。谷奥などはむしろ気儘な単独行を好んだ。

長谷の勤務先である泰明出版関係へは、二度三度と足を運んだ。長谷と親しい週刊『TIME・1』の連中でさえ、三度目には「またか――」という顔をした。あるいは、まだそんなことをやっているのか――と、不信感をあらわに見せる者もいた。

TIME・1の編集部は、いつ行ってもガランとしていて、せいぜい三、四人がいる程度、必ず在席しているのはデスクの田部井ぐらいなものだ。田部井は長谷の北海道行きのことについては、去年十月のグリュック王国を取材したことぐらいしか思い当たらないと言っている。

「グリュック王国というのはですね、帯広にあるテーマパークで、中世ドイツの街並とグリム童話の世界を再現しているのですが、牧場はないし、馬も飼ってませんよ」

半分の馬を見た――という長谷の言葉に、呆れたように目を丸くして言った。

「しかし、北海道なら牧場も多いし、近くでそういう光景を見たかもしれないのではありませんかね」

谷奥は訊いた。

「さあ、それはどうか知りませんが、長谷君はまったくメモをつけない男でしたからねえ。グリュック王国のほかに、どこかへ行ったかどうか……もっとも、社用以外に個人で北海道へ行ったことは考えられますが」

「それらしい話をしていたことはありませんか?」

「いや、私は聞いてませんが、ほかの者にも聞いてみましょうか」

田部井は周辺にたむろしている連中に、長谷から北海道の話を聞いていないかどうか確かめたが、十月のグリュック王国のとき以外、ここ一、二年は誰も知らないようだ。

　ただ、中の一人、高根沢という若い記者が、その出張の際、長谷がグリュック王国だけでなく、あちこちと歩き回ったという話をしていたことを思い出した。

「長谷さんは毛ガニをお土産に買ってきて、僕のアパートで夜中まで飲んだのです。長谷さんは毛ガニが好きで、食いっぷりも豪快そのものでした」

　その時の長谷の食いっぷりのよさを想い出したのか、高根沢は少し目を潤ませた。

「その、あちこち歩き回ったというのは、どこへ行ったか分かりませんか?」

「たぶん日高のほうへ行ったんじゃないですかねえ。馬がどうしたとか、日勝峠がどうしたとか……」

「ちょっと待った!」

　谷奥は思わず叫んで、編集部の連中をびっくりさせた。

「馬の……長谷さんは馬の話をしていたのですか?」

「ええ、していましたよ。もっとも、長谷さんもこっちも酔っぱらっていましたからね、長谷さんはやたら強いけど、僕なんか半分眠った状態で、何を言ってるのか、何を聞いたのか、さっぱり憶えていませんけど」

「その馬ですがね、どこで見たとか、そういったことは言いませんでしたか?」

「さあ……言ったかもしれませんが、憶えていませんね」

「さっきあなたは日高と言ったが」

「ああ、あれはたぶんそうだろうと思っただけです」

「どうしてそう思ったんです?」

「馬の話をした中で、日勝峠がどうしたとか、何度も言ってましたからね。ニッショー、ニッショーって、甲高い声で連発するもんで、耳障りだなあとか思いながら眠っちゃいました」

「ニッショー峠と日高とどう関係があるんです？」

谷奥は焦れったくなって、いつもの詰問口調になっていた。

「ああ、知らないんですか。日勝峠は日高地方と十勝地方の境にある峠で、グリュック王国のある帯広から日高へ抜ける日勝街道の途中にあるのですよ」

「なるほど……」

日高が馬の産地であることぐらい、谷奥だって知っている。だとすると、長谷が馬を見たのはそこかもしれない。谷奥は久し振りに気持ちが弾んだ。

2

谷奥は泰明出版を出て、銀座の実業書院へ向かった。TIME・1よりは『ゴールデンガイド情報版』のほうが、まだしも在席する人間が多い。たまたま、中村典子も席にいた。この前、自宅に訪ねたときより日焼けして元気そうだ。

「先週の土曜日曜と三重県の鳥羽のほうへ行って来たのです。いまワープロで鳥羽水族館の原稿を作っているところです。あそこはまた魚が増えて、面白かったですよ」

隣の小さな応接室に入ると、典子は陽気に喋った。憂鬱な事件のことも、相手が刑事であることも関係ないような顔だ。

「そういえば、例の不幸の手紙のことは、その後、どうしました？」

「ああ、あれですか。刑事さんにも言われれましたけど、あんなものは気にしないことにしました」

ケロッとした顔である。若さはいつまでも屈託を引きずらないものらしい。谷奥は自分まで心楽しい気分になった。もっとも、用件のほうはあまり愉快な内容ではない。「長谷さんのことですがね」と、谷奥は申し訳なさそうに言った。

「その後の調べで、長谷さんがニュータカオで会った人物というのは、どうやら北海道で見かけた人物らしいことが濃厚になってきましてね、それで中村さんに訊きたいのだが、長谷さんはあなたにそんなような話はしていませんでしたかね」

「ええ、していましたよ、その時。たしか北海道で会ったのかな――とか」

「ああそうですか、話していたのですね」

谷奥は思いきり眉根を寄せた。

「それだったら、何でこの前、お宅に行ったとき、話してくれなかったのです？」

「だって、刑事さん、訊かなかったじゃないですか……いけませんでした？」

「え、いや、まあ……しょうがないな」

谷奥はため息をついた。

「そのほかに何か言ってませんでしたか？」

「言ってました。ちょっと変なことなのですけど」

「変なことというと、もしかして、半分の馬とか……」

「あら、どうして？　どうして知ってるんですか？」

典子は叫ぶように言って、精一杯、大きな目になった。

「そうか、浅見さんですね。ひどいなあ、あのひと、ぜんぜんそれらしい様子も見せないでいたくせに、警察なんかに行ってたんですね」

「警察なんかはないでしょう」

谷奥が憮然として抗議した。

「あ、ごめんなさい。そういうつもりじゃなかったんですけど……でもひどいな」

「しかし、あんたの名前は出しませんでしたよ。それより、どうしてそんな大事なことを隠していたんです?」

「だから、別に隠していたわけじゃないって言ったでしょう。訊かれなかったから言わなかっただけです」

「訊かれなかったからって……しかし、浅見さんには話したじゃないですか?」

「だって、浅見さんには訊かれましたもの」

「ふーん、どんな訊き方をしたんです? いきなり『半分の馬の話をしなかったか』とでも言ったのですか?」

本人はジョークのつもりのないジョークを言って、典子は「まさか」と笑ったが、谷奥は渋い顔で典子の返事を待っている。

「浅見さんは、長谷さんが私との会話の途中で、突然行ってしまったことをとても不思議がっていたんです」

「それは私だって同じだったでしょう。事情聴取に対して、あんたは、誰かのことを思いついて、その人に会いに行ったらしいと言ってたじゃないですか」

「ええ、そうですよ。浅見さんにも同じことを言いました。だけど、浅見さんはその、誰かのことを思いついたきっかけの部分にすごくこだわって、何もなしに思いつくはずがないって、しつこいくらい私の記憶をつついたんですよ。そしたら、ふと『半分の馬』っていう言葉を思い出したんです」

「ふーん……」

谷奥はいっそう顔をしかめた。ほんのちょっとの差――紙一重というが、二重構造の一枚目を剝がしただけで切り上げて、その先にもう一枚のヴェールのあることに、谷奥は気づかなかったのだ。

素人ごときにしてやられた――というのと同時に、素人の感覚というか、素人らしい好奇心の恐ろしさを、谷奥は感じた。「初心忘るべからず」というけれど、刑事を二十年近くもやっていると、一種の馴れのようなものが生じて、次から次へと広がっていくはずの――あるいは広げていかなければならないはずの好奇心を失ってしまう。そのことを思わないわけにいかなかった。

「あの男――浅見さんというのは、なかなかの人かもしれないなあ」

つい溜め息混じりに言った。

「そう、ですね、ほんとに……」

典子は呟くように言って、あらぬ空間を見つめている。ついさっき「ひどい」と怒っていたとは思えない表情だ。

「ほう、浅見さんはあんたの恋人なんですか？」

「えっ、違いますよ！」

典子は弾かれたように言って、谷奥を睨みつけた。顔に血が昇って、あまり化粧気のない目の縁や頰がバラ色に染まった。

「失礼、いや、あんたと浅見さんなら、歳恰好もぴったりだと思ったもんでね」

谷奥は謝って、いそいで話題を変えた。

「ところで長谷さんは、日高へ行ったとは言ってませんでしたか？」

「日高？……」

「そう、馬の産地です。帯広から日勝峠を越えて行くのですがね」

仕込んだばかりの知識を披露した。

「そのくらいは知ってますけど……でも、どうして日高なんですか?」

「去年の十月、長谷さんはグリュック王国というのを取材しに行ったのですがね、知ってますか? グリュック王国。帯広にあるテーマパークです」

「知ってますかって。私はこれでも旅の本の編集部に勤めているんですよ」

中村典子は呆れたように言った。

「あそうでしたか、これは失礼。それでですね、長谷さんは取材から帰ってきて、同僚の人と酒を飲んだ際、馬の話と日勝峠の話をしていたというのです」

「えっ、じゃ、半分の馬のこと、言ってたんですか?」

「いや、半分の馬かどうかは聞いてないっていうか、話すほうも聞くほうも酔っぱらっていて、断片的にしか憶えていないっていうんですがね。とにかく、長谷さんはむやみに『日勝、日勝』と言っていたそうで、だからたぶん帯広から日高へ行ったのじゃないかと……帯広から日高へ行く道は日勝街道っていうんだけれど、そのことも知ってるんでしょうかね」

「もちろん知ってますよ。正式名称は日勝国道だっていうこともね」

典子は苦笑して、すぐに真顔に戻った。

「そうなんですか。じゃあ長谷さん、秋の日勝峠を越えたんだ……きれいだったでしょうねえ、紅葉が……」

すでに長谷が故人であることを忘れたように、羨ましそうに言った。

「ふーん、そこは紅葉の名所ですか」

「有名ですよ」

典子は谷奥の無知を許せないような顔をした。

「日勝峠は標高千メートル以上ですからね。それに北海道の空気はきれいだから、秋の紅葉はそれはすばらしいのです。といっても、私も秋は行ったことがないんだけど……今年は観に行こうかな……」

「紅葉もいいけど、長谷さんはそこで馬を見たほうが強烈だったんじゃないんですかね。あんたとのときも、会社の同僚と酒を飲んだときも、紅葉の話をしないで、馬の話をしたくらいなのだから」

「ああ、それはそうでしょうね。半分の馬だなんて、そんな光景を一度見たら、忘れたくても忘れられませんよ」

典子は寒そうに肩をすくめた。

「しかし、長谷さんはその紅葉のきれいな日勝峠で誰かに会って、そいつに殺されたってことか……」

谷奥は腕を組んで白い天井を睨んで、見たことのない日勝峠の風景を思い浮かべようと努めた。

典子も一緒になって天井を見上げている。

「私がいったのは去年の新緑のころだったけど、きれいでしたよ。バスで長い坂道を登って、展望台から眺めた風景……また行ってみたくなっちゃう」

見ている天井のスクリーンは同じでも、どうも、谷奥と典子とでは、そこに映っている情景はまったくの別物らしい。谷奥は霧の舞う峠路に、忽然と現れた殺人者のシルエットを思い描いていた。

「その展望台で誰かに会った可能性はありますかね」

「えっ？　ああ、そうですねえ、もちろんあるでしょうね」

「馬はどうです？」

「展望台にですか？　まさか馬なんかいませんよ。馬は日高ですけど、牧場があるのは、たしかずっと南の浦河とか、門別とか、新冠とかの海岸に近い辺りじゃなかったかと思いますよ」

「しかし、長谷さんはとにかく、そこら辺りで半分の馬を見たのだし、何者かに出会ったにちがいないのだ」

　谷奥は口を尖らせて言った。

「だったら刑事さん、北海道へ行ったらいいじゃないですか」

「行ってどうなるものでもないしねえ」

「そんなことないでしょう。だめでもともとっていうし。それに、日勝峠を見るだけでもトクしたって感じですよ」

「ははは、トクはないなあ。旅費だけで私の安月給は吹っ飛ぶしね」

「あら、旅費は警察から出るんでしょう？　だって、仕事で行くんじゃないですか」

「だめだめ、そんなところへ無駄足を踏みに行くような金、ケチな課長が認めるわけがないですよ」

　言いながら、谷奥は根津課長の苦い顔を思い浮かべた。あの顔は絶対に旅費を認めない顔だ――。

3

　須美子が「坊っちゃま、実業書院というところからお電話です」と呼びにきたとき、浅見は砂川編集長を思い浮かべたのだが、受話器からは中村典子の声が飛び出した。

　浅見が「はい、浅見です」と言ったとたん、笑いを含んだ声で「浅見さんてひどい人ですねえ」とクレームをつけた。

「えっ？　ひどいって、いったい何のことですか？」

「だって浅見さん、警察に密告しに行ったそうじゃありませんか」

「密告？　ああ、三鷹署へ行ったことを言っているのですか？　密告はひどいなあ。善良な市民の当然の義務として、警察の捜査に協力しただけですよ。そうですか、刑事が行きましたか。谷奥さんでしたか」

「ええ、谷奥部長刑事です。でも、まあ許して上げますけどね」

「ははは、それは寛大なご処置に感謝いたします」

「許して上げるついでに、もう一つ情報を教えます」

典子はそう勿体ぶって、谷奥がＴＩＭＥ・１で聞いてきた話として、長谷が去年の十月、日勝峠へ行き、そこで半分の馬を見たらしいことを教えてくれた。「日勝峠」と言われても、浅見にはどこなのか、地理がピンとこない。適当に相槌を打ちながら聞いていたが、典子が話し終えるのを待って、訊いた。

「その情報ですが、谷奥刑事は誰に聞いてきたと言ってましたか？」

「ＴＩＭＥ・１の編集部で聞いてきたのだそうですけど……あ、浅見さん、またＴＩＭＥ・１へ行くんでしょう。行くのはいいですけど、私が告げ口したなんて、絶対に言わないでくださいよ」

「ははは、言いませんよ。職業上知りえた秘密は守る義務がありますからね」

「それだと何だか、私立探偵みたい」

典子は何気なく言った言葉だろうけれど、浅見の心臓にはズキリとこたえた。

「そうすると」と、浅見は急いで話題を変えた。

「谷奥さんは北海道へ行くのでしょうか」

「いいえ、行かないみたいですよ。私もてっきりそう思って訊いたんですけど、そんな無駄足を踏むようなことに、ケチな課長が旅費を出すわけがないって笑ってました」

「無駄足じゃないでしょう。当然行くべきですよ。何を考えているんだ……」

「私に怒らないでください」

「えっ？　あはは、つい焦れったくなっちゃって……しかし、どうして行かないのかなあ。行けば、ひょっとすると何か発見があるかもしれないのに」

「だけど、日勝峠へ行ったって、何も分からないんじゃありません？　あそこには雄大な景色があるだけですよ。そこに犯人がウロウロしているわけじゃないし」

「それはそうですが、いや、結果的に無駄足かもしれないが、とにかく行ってみることが大切なんですよ」

「だったら、浅見さんが行ってみたらどうなんですか？」

典子は冗談で言ったにちがいないが、浅見は「うーん……」と、まともに受けた。

「できればそうしたいですけどねえ……しかし、僕のほうこそ旅費が出ませんよ。行って帰ってくるだけで七、八万円はかかるのでしょう？　無理だなあ、何か取材の仕事でもあればべつですけどね」

「あら、そんなこと言って、浅見さんて、ええとこのボンボンじゃないんですか？」

「僕がですか？　どうして？」

「だって、さっき電話に出た女性の方、はじめ浅見さんの奥さんかと思って『ご主人いらっしゃいますか』って言ったら、ぜんぜん話が通じなくて、光彦さんてお名前を言ったら、『ああ、坊っちゃまですね』っておっしゃってましたよ。だからびっくりしちゃって、すごいお邸のお坊っちゃまなんだとか思って……」

「あははは、参ったなあ。あれは昔、僕の面倒をみれくれていたばあやさんの口真似でしてね。実体はただのしがない居候です」

　弁解しながら、浅見は顔に血が昇ってくるのが分かった。三十男が『坊っちゃま』でもないのだが、いくら言っても須美子は変えてくれない。もっとも、ほかの呼び方——たとえば「光彦さん」などと呼ばれれば、かえって背筋が痒くなりそうな気もしないではないのだけれど。

　電話を切って、浅見はすぐにドライブマップを開いた。典子の言っていた日勝峠というのは、帯広市から国道38号を北西へ三〇キロばかり行き、そこから西へ分岐する２７４号を二〇キロほど行ったところにある。峠の西は日高地方。東が十勝地方だから、その両方の一文字を取って「日勝峠」と名づけたにちがいない。

　日本の地名には、この手の命名がザラにある。文教都市として有名な「国立」が、じつは中央線の「立川」と「国分寺」の中間にできた駅だから——という命名の由来を聞いたときには、開いた口が塞がらなかった。

　それにしても、長谷幸雄が日勝峠に行ったと仮定して、そこで誰かに会ったかどうかは分からない。たとえ会ったとしても、それが誰なのか突き止める手段があるとは考えにくかった。典子が言っていたとおり、谷奥が「無駄足」と言ったのは、妥当なのかもしれなかった。

　それでも浅見はじっとしてはいられない。われながら損な性分だと思う。典子からの電話の三十分後には、浅見はソアラを駆って泰明出版へ向かっていた。

　ＴＩＭＥ・１で谷奥に「日勝峠」の話をしたのは、高根沢という若い編集部員で、浅見の質問に気軽に応じてくれた。浅見は例によって、しつこいやつだ——と思われそうなくらいに肉薄して、長谷が「馬」のことと「日勝峠」のことを話した時の状況を再現してもらった。

　高根沢は面倒臭がるどころか、むしろ面白がって、浅見の要望に応（こた）え、長谷の口真似まで交えながら微に入り細をうがって話した。「日勝峠」がどうしたとか、「日勝」がどうしたとか。「ニッショー、ニッショー」という耳障りな甲高い声を、子守歌のように聞きながら眠りに落ちたくだりは、じつに鮮明にその場面を想像できた。

「ところで」と浅見は訊いた。

「去年の十月に、長谷さんは北海道に何の取材に行ったのですか?」

「ああ、それはですね、北海道のテーマパークのいくつかが、経営不振に陥っているという話を取材しに行ったのです」

　高根沢は「ちょっと待ってください」と席を立って行って、TIME・1の古いバックナンバーを持ってきた。広げたページに「揺れる北海道のテーマパーク」と大見出しがあった。記事は三ページにわたるもので、いくつかのテーマパークのケースについて取材している。

「このとき長谷さんが実際に行ったのは、帯広のグリュック王国と、芦別（あしべつ）のカナディアンワールドで、ほかの登別（のぼりべつ）の天華園、伊達（だて）時代村、マリンパークニクスなんかは、北海道新聞社が取材した記事から引用したのだったと思います」

　記事によると、このうちなんとか黒字経営なのはグリュック王国だけ。あとはすべて赤字経営で、それもかなり苦しいらしい。とりわけひどいのは芦別のカナディアンワールドで、累積（るいせき）赤字が三十億円に達するのではないか——と観測している。

　カナディアンワールドは、芦別市と東急エージェンシーと地元企業の共同出資による第三セクター方式の会社によって運営されている。炭鉱の閉山によって疲弊する地元を救おうと、五十二億円あまりをかけて作ったものだ。初代社長、現在の会長が芦別市長だというから、市長が音頭を取って生まれたものと思われる。カナダの風景と、グリーンゲーブルズの建物など「赤毛のアン」の世界を演出した、なかなか夢のあるテーマパークなのだが、何といっても冬期の営業が難しく、目論見どおりには成功しなかった。

入場者目標は開業初年度が三十万人、以後毎年五万人ずつ増えるものとして、六年後には六十万人を見込んでいた。ところが、開業年度は二十六万人、その後も減少しつづけ、去年は二十万人程度しか見込めないという数字が出たらしい。そのために、「こんなに赤字ばかりが増えるのなら、いっそ閉園してしまえ」という強硬論から、市長の責任を追及する声まで出て、カナディアンワールドばかりか、芦別市までが大揺れに揺れているというのである。

「ただの観光ベンチャラ記事じゃありませんからね、長谷さんはかなり意気込んで行ったはずですよ」

高根沢が言うとおり、記事の内容はいま読んでも面白い。さすがに「事件物」で鳴らした猛者だけに、筆鋒が辛辣だ。読む側は面白いが、書かれる側はさぞかし頭にきたにちがいない。ひょっとすると殺意に結びつくかな？——と思わせるものがある。もっとも、その程度のことで殺意を抱かれるとしたら、長谷などはいのちがいくつあっても足りなかっただろう。

「長谷さんがこれを取材したときの日程は分かりませんか？」

「二泊三日ですよ」

高根沢は言下に答えた。「日にちは」と机の引

出しの中にしまってある、去年の手帳を見て、

「十月の十七日、十八日、十九日の三日間ですね」と言った。

「帰ってきた日の夜に毛ガニを食いましたから、よく憶えているのです」

「二泊三日で、帯広のグリュック王国と、芦別のカナディアンワールドを取材しているのですか……」

「ええ、一日目がグリュック王国で然別(しかりべつ)湖の温泉に泊まって、二日目はカナディアンワールドで富良野(ふらの)に泊まったそうです。けっこう楽しんでいますよね」

浅見は地図を広げた。帯広空港からグリュック王国へは、車で四、五分程度、帯広市内へ行く道の途中である。帯広から然別湖へは鹿追(しかおい)町を経由して、地方道で七〇キロ程度。一日目はそれでいいとして、二日目は然別湖から富良野まで一二〇キロばかり。しかし、然別湖からいったん鹿追町まで南下したあと、日勝峠を通る国道２７４号ではなく、その北側の国道38号で、南富良野を経由して行くほうがふつうだ。日勝峠を通ると、ずっと南の日高町を経由して行くわけで、五〇キロ以上も遠回りになる。芦別市のカナディアンワールドは、富良野からさらに三〇キロ先である。わざわざ遠回りするほどの時間的余裕があったとは思えないのだが――。

「この行程だと、日勝峠にはいつ行ったことになるのでしょうか?」

浅見は素朴に訊いた。

「さあ、それは分かりませんねえ」

高根沢は（そんなこと、知ってるわけがないだろう――）というような顔をした。

浅見は高根沢の思惑などそっちのけで、地図に見入りながら、その時の長谷の感覚に浸ろうと努

めた。長谷がこの行程の中で、わざわざ日勝峠を越えたのはなぜなのか――何か理由があるはずだ。

　頭の中にはポプラ並木だとか、ジャガイモ畑だとか、サラブレッドの牧場だとか、思いつくままの北海道の風景が浮かんでは消える。しかし、どれも映画やテレビＣＭや雑誌のグラビアなどからの情報ばかりで、美しく広大ではあるけれど、蜃(しん)気楼(きろう)のごとく、さっぱり実在感が伴わない。まして、そこに怪しげな「犯人」らしき人物がウロウロしている情景など、想像しようもない。

（だから、行ってみなきゃ始まらないっていうんだ――）

　浅見は警察の対応の悪さが歯痒くてならなかった。「だったら浅見さんが……」と言った中村典子の声が耳に甦(よみがえ)る。キャッシュカードの銀行残高がどれくらいなのか、桁(けた)の少ない数字がチラッと脳裏をかすめた。

「どうかしましたか？」

　不安そうな高根沢の声が遠くに聞こえた。

4

　浅見が実際に北海道へ向かったのは、それから十日後になった。銀行残高が底をついていて、キャッシュカードに頼るわけにいかない。借金するにしても、返済のめどをつけておかないと不安だ。何かいい知恵はないか――と、あれこれ考えていたら、長谷の書いたカナディアンワールドの経営危機についてのルポ記事が役に立った。浅見はこのネタを、さも新発見のように『旅と歴史』に持ち込んだ。もちろん不勉強な藤田編集長がそんな記事を読んでいるはずがない。それをいいことに、浅見は他のテーマパークについても、あたかも存立の危機に直面しているかのようにホラを吹いて、

「北海道は上を下への大騒ぎ」といった特集記事を書くのだと売り込んだ。

　藤田は他人の不幸を喜ぶ体質だから、すぐに乗ってきた。例によって取材費はケチッたが、とりあえず往復の旅費分ぐらいは出してくれた。その金を懐にした翌日、浅見は北へ出発した。

　出掛けに須美子が玄関先まで送って出て、「坊っちゃま、北海道は飛行機でいらっしゃるのでしょう?　どうぞお気をつけて」と言った。

「ははは、飛行機じゃ気をつけようがないじゃないか」

「それはそうですけど……でも心配です」

　須美子の恨めしそうな顔を見て、浅見はつい「ありがとう、お土産を買ってくるよ」と調子のいいことを言ってしまった。

「まあ……」

　須美子は目を輝かせ、頬を染めたが、すぐに怖い顔を作って、「いけません、そんな無駄遣いは」と窘めた。居候次男坊の懐具合は、須美子がいちばんよく知っている。

「ははは、そう言ってくれると思った」

　浅見は笑ったが、須美子の優しい気遣いには、いつもジンとさせられる。妙にしんみりした気分になって、慌てて「じゃあ、行ってくる」と家を飛び出した。

　帯広空港は梅雨の前触れのような曇り空だった。路面が濡れるほどではないが、時折、小雨もパラついているらしい。北海道には梅雨はない――などというけれど、あてにならないものである。

　レンタカーを借りるのに手間取って、浅見が空港を後にしたときには、タクシー乗り場にもバス乗り場にも人気がなかった。

　北海道へ行きさえすれば、到るところに牧場が広がっていて、馬の放し飼いが見られるような気がしていたが、それは錯覚だった。飛行機の上からも、空港を出てからも、周囲の様子を眺め回したが、意外なことに馬はおろか牛の姿も見えない。

　帯広へ向かう道の左側、少し入ったところに城のようなホテルのような建物が見える。道路脇の看板に「グリュック王国」とあった。長谷の北海道取材で最初に訪れたテーマパークである。浅見は看板の手前を左折して、「王国」の近くまで行ってみた。

　道路の突き当たりにだだっ広い駐車場がある。おそらく千台程度の収容能力はあるのだろう。それが無料駐車場なのだから、たしかに北海道は広い。むろん「王国」も広大にちがいない。駐車場の奥のお城のような建物はどうやらホテルになっているらしい。離れて建つ風車小屋が入国ゲートで、送迎バスを降りた三十人ほどの団体客が入って行くところだった。シーズンオフだけに、あまり賑わってはいないようだが、東京近辺にこれだけの施設があったら、さぞかし大繁盛だろう――と思わせる。

　ゲートの脇の事務所を訪ねて、この辺に馬がいないかどうか訊いてみた。「馬ですか？」と係員は妙な顔をしながら、「いや、ここには馬はいないですよ」と言った。ここからは王国内部の様子が覗ける。まさにグリム童話に出てくるような建物が並んで、何やら楽しげである。よほど入ってみようかと思ったが、入場料を確かめて、浅見はすぐに踵を返した。時間がないのを理由に、王国見物は諦めた。どこへ旅行しても、いつもこういうケチケチ旅行になる。

　帯広市街へ向かう途中に幸福駅がある。「駅」といっても、すでに路線は廃止され、古びた駅舎とプラットホームが残っているだけだが、ここはいまもなお観光スポットの一つなのだそうだ。駅前には小さな土産物店が四軒、侘しげに肩を寄せ合っているけれど、季節はずれなのか、観光客はちらほらといったところだ。

幸福駅は十坪もないほどの小さい駅舎だが、その壁といわず窓といわず、天井にいたるまで、観光客が遺したメモや名刺のたぐいがびっしりと貼られている。高い天井にどうやって貼ったのか、不思議なくらいだ。

貼り紙の中には、「楽しかった」とか「○○さんと来ました」とか書かれたものがあり、それらにはそれなりに意味があるが、単に名刺を貼ったりしたのは、会社の名前ももちろん分かってしまうわけで、恥を天下に晒しているような気がしないでもない。

それより気が知れないのは、スピード違反の違反キップが貼ってあることだ。それもなまじの数ではない。何百枚か何千枚かというブルーの縦長の紙が、まるで七夕祭の短冊のように垂れ下がっている。

最初に貼り紙を遺して行った者は、おそらく「幸福」という名の駅に来て、バラ色の将来を希った証のつもりだったのだろう。御神籤を境内の木の枝に結びつけるのと似て、それなりに微笑ましい行為といえる。しかしそれがいつの間にか変質して、ただの自己顕示の手段や、その意図さえもない無目的な悪ふざけと成り下がった。

かつて夢をはぐくんだ幸福駅は、いまや薄汚いゴミ屑の入れ物のごとくに見すぼらしい。遠く日本各地からその名前に惹かれてここを訪れた人々の、索漠とした感想が聞こえてくるような気さえした。地元の人々はなぜもっと、この駅や周辺の景観を大切にしないのだろう。「幸福」という地名、「幸福」という駅名は日本中でただここ一ヵ所だけにしかないというのに。

浅見は幸福に背を向けるような想いで車に戻ったが、思い直して土産物店で絵はがきを買った。大雪山の雄大な風景のやつに「幸福を送ります」とだけ書いて、幸福簡易郵便局のポストに入れた。幸福駅への曲がり角にあるちっぽけな郵便局だが、「幸福」の消印が捺されるのは、日本広しといえどもここだけである。

須美子はそこに気づくだろうか——と、浅見は子供っぽいいたずらができたことに気をよくして、日勝峠への道を急いだ。駅の「短冊」のおかげでで、スピード違反には気をつけようという気になっていた。そうしてみると、あの悪ふざけもまんざら無駄ではないかもしれない。

国道38号から国道274号へ入る。北海道の国道名は一風変わっていて、たとえば国道38号は釧路から音別町を過ぎた辺りまでを「釧路国道」と呼ぶが、そこから先、十勝平野に入ると「十勝国道」と名称が変わる。そして帯広市を過ぎ新得町を過ぎ、狩勝峠を越えると「狩勝国道」に改名する。国道274号も清水町から日勝峠までは「日勝国道」だが、二〇キロあまり先で峠を越えると「穂別国道」になるのである。

実際に走ってみて、丹念に地図を調べるまでは、まったく気づかなかったことだが、なぜこんなややこしい状態にしておくのだろう。当然、何かの理由があってそうしているとは思うのだが、ドライバー側からすれば、ややこしいとしか思えない。土地はでっかくて広々としているが、ひょっとすると、住む人の心は、警戒心旺盛なヒグマのようにテリトリー意識が強いのかもしれない。

北海道の道はどこもよく整備されている。国道274号も広くていい道だが、峠近くをさらに改良しつつあった。トラックを中心に交通量はかなり多いけれど、快適なドライブといっていい。

峠路の最高点近くに大きなドライブインがある。「日勝峠展望台」という看板が立っていた。車を出て振り返ると十勝平野が一望できる。その彼方には釧路との境界線を成す山並が横たわっている。すでに緑は濃密な季節を迎えたが、新緑の頃や紅葉の頃はさぞかし――と思わせる風景が展開している。

ここまで来る途中、ホルスタイン種の牛を飼う牧舎はちらほら見かけたが、ついに馬は影も形も見ることはなかった。

ドライブインの店の人に訊いてみたが、やはりこの近くには馬はいないとのことだ。

「峠の向こうは日高ですが、そこへ行けば見られますか?」

もはや訊くのも気がひけるような質問だったが、案の定、おかしそうに「いまどき、馬を飼っている家はめったにないですよ」と笑われた。牛は肉や乳を出すが、元来、馬は単なる労働力でしかなかったのだ。農業機械が普及して、餌代と手間のかかる馬は、その役割を終えた。ばんえい競馬などで知られる道産子を育てている農家もあるにはあるが、そんなのはごく僅かな例外なのだそうだ。

「馬を見るのだったら、日高のずっと南のほう、浦河や新冠のほうへ行かなければ」といわれた。そこへ行けば、競走用のサラブレッドにも会えるという。

しかし、かりに馬に会えたとしても、「半分の馬」などというものがあるだろうか。

第一、それ以前の問題として、長谷幸雄が本当に日勝峠に来たのかどうかさえ疑問に思えてならないのだ。実際に来てみて、ますます確信を深めたのだが、どう考えても、帯広から芦別方面へ行く（あるいは来る）のに、日勝国道を通るルートを選ぶというのは不自然である。

帯広と芦別を結ぶ最短ルートは、狩勝峠を越える国道38号で行くのが常識的だし、然別湖で一泊したあと芦別へ行くのなら、なおのことである。日勝峠を通る道を選ぶくらいなら、むしろ北へ抜けて、層雲峡まわりで行ったほうがいいくらいだ。

いくら日勝峠からの景色がいいからといっても、わざわざ遠回りするほどの価値がこのルートにあるとは考えられない。ドライブインの背後の岩山にある展望台に昇って、風景を眺め回しながら、浅見はそう思わないわけにいかなかった。この程度の雄大さや、新緑や紅葉の美しい風景ぐらい、北海道を走ればいくらでも出会えそうだ。

ただし、長谷が同僚の高根沢に、酔っぱらった饒舌で、しきりに「日勝」「日勝」を連発していたことは事実らしい。

その話を聞いた時、浅見は「ニッショウ」に何か別の意味があるのではないか——と思ってもみた。

「ニッショウ」という発音からは、「日照」「日商」などの文字も考えられる。しかし、その疑問に対して高根沢は、長谷の話すのを聞きながら、明らかに「日勝」という漢字をイメージしていたと言っている。いや、実際に彼は、その時の会話の中で「日勝峠」という言葉も聞いているのだ。

酔いが相当回って、睡魔に襲われた中で聞いた言葉だから、断片的ではあるけれど、「日勝峠」は風景のイメージを伴った言葉だけに、記憶に残ったのだし、だからこそ「ニッショウ」を「日勝」として聞いているということだ。そこまで「証言」するものを、頭から否定できないし、また否定する根拠もない。

かりに「ニッショウ」が「日勝峠」ばかりでなく「日勝国道」を意味していたとしても、日勝国道は清水町の分岐点から日勝峠のトンネルまでの短い距離でしかない。車でたかだか三十分の距離である。走ったかぎりでは、途中に何か特別な意味のありそうな光景など、見当たらなかった。

（何なのだろう？——）

浅見は何かを見落としていはしまいか——と、展望台に立って十勝平野を隅々まで眺め回したが、何も見えてこないし、何も思い浮かぶものがない。

浅見は諦めて車に戻った。勢い込んで北海道までやって来たのは、とりあえず日勝峠まで行けば、何かにぶつかるだろうという考えがあったからである。しかし、それがいかに甘い考えであるかを思い知る結果になりそうだった。警察が刑事を北海道に派遣しないのは正しい判断なのかもしれない。

峠を下り、清水町で国道38号を横切る。十勝川を渡り、しばらく行くと、鹿追町というところで帯広から北上してきた道と交差する。そこを左折すれば、一時間あまりで然別湖畔のホテルに着くはずだ。

左折して間もなく、道路の右手奥に近代的な建物が建っているのを、こんな鄙（ひな）びたところに、ずいぶん立派なものを——と漠然と眺めながら走っていて、浅見はふいにブレーキを踏んだ。後続車があれば追突しかねない急ブレーキであった。

視野の中を一瞬、「日勝」の文字が掠（かす）め過ぎて行ったような気がした。こんなにまで「日勝」にこだわっていなければ、何の気なしに通りすぎてしまっただろうけれど、浅見の神経は「日勝」「日勝」で凝り固まっていた。

三〇メートルばかりバックしたところに、小さな看板が立っていた。看板の文字はきちんとした明朝体（みんちょう）で「神田日勝記念館」と読めた。その中の「日勝」だけが視覚に飛び込んできたものらしい。

看板の脇から、石畳風に舗装した道路を一〇〇メートルほど入ったところに、ダークグレイを基調にしたシックな建物がある。およそ高いビルなどのない牧歌的な風景の中では、いささか異様とも思える、十勝の山並みを連想させるような、低い変わった建物である。雰囲気からいっても何かのミュージアム風だが、看板の名称から察すれば「神田日勝」という人物の記念館なのだろう。浅見は神田日勝の名に記憶はなかった。この町の出身者で、町に何らかの貢献をした、少なくともこの付近では有名な人物と考えられる。

それはともかく、浅見は「日勝」という名前が気になった。名前の印象からいうと雅号で、日本画家か書家か歌人などを連想させる。この土地に住んで、この土地を愛して、日勝峠にちなんだ雅号「日勝」を名乗ったというケースが想像できる。

長谷が然別湖へ向かう途中、浅見と同じように「神田日勝記念館」の看板を目にし、あの奇妙な建物が気になったとしても不思議はない。長谷が高根沢に「日勝峠」と言い「日勝」を連発したのは、もしかすると「日勝峠の日勝だよ」と伝えたのではないか。

そうだ、長谷はここに立ち寄って、記念館を見学したのではないだろうか。だからその後、「日勝が」とか「日勝は」とかいった具合に、「峠」抜きの名前を喋ったのだ——と、浅見はほとんど確信に近く思った。

浅見は右折して、神田日勝記念館と並んで建つ建物の前の駐車場に車を乗り入れた。案内板によると、その建物は鹿追町社会教育会館であった。ホールもついているコンクリート四階建ての堂々とした佇(たたず)まいである。社会教育会館と神田日勝記念館とは、長い廊下で繋(つな)がっているから、記念館もおそらく町営なのだろう。最近は地方の市町村のほうが、こういう文化施設に金をかけている。

その気にさえなれば、土地はふんだんにあるのだから、建物にいくらでも金がかけられる。ずいぶん豪勢なものだ――と感心するよりも、少し妬ましい気がした。

車を置いて長いアプローチの石畳を神田日勝記念館に近づいた。そして、アプローチの真ん中辺で、浅見はギクリとして立ち止まった。正面の壁面に黒々としたレリーフが飾られている。青銅か鉄か、とにかく重厚な材質に彫られたレリーフは馬の形をしていた。いわゆる道産子といわれる農耕馬らしい。いかにも鈍重そうだが、流し目をこちらに向けたポーズは可愛らしい。だが、浅見をギクリとさせたのは、そこに馬の彫刻があったことではなく、その馬が「半分の馬」だったことである。馬は顔から首、胸、腹の半ばまで、鮮やかにリアルに表現されていながら、そこから先の後ろ半分が、ストンと抉られたように欠落していた。

「半分の馬だ……」

浅見は立ちすくんで、呟いた。

いったいどういう意図でこんな残酷な発想が生まれるのだろう。生きながら半分にされた馬が、からかうような、愛嬌のある目をして立っている。

浅見は猛然と突進するようにして館内に入った。

吹雪に対応して設計されたのか、入口は小さい。風除室を抜けると天井の高いロビーであった。カウンターで入場券を買い、パンフレットをもらって奥の展示室へ向かった。参観者の数は浅見のほかにチラホラといった程度だ。

薄暗い展示室にはゆったりした間隔で作品が展示されてある。いずれも絵画だ。してみると神田日勝は画家であるらしい。そしてすぐに、正面にひときわ効果的にスポットライトを当てられた「半分の馬」の絵が目についた。浅見はあらためて息を呑むような想いで近づいた。

ベニア板を二枚と少し繋ぎ合わせた、タテ一八○センチ、ヨコ二五○センチばかりもある画板の上に、あの建物の壁面にあったレリーフと同じ――いやレリーフの原型と思われる馬の絵が描かれていた。笑ったような表情といい、一本一本が意志を持ったようなリアルな毛並といい、ボッテリと仔（こ）でも孕（はら）んでいるのではないかと思えるほど膨らんだ腹といい、あまりにも生き生きとした馬の絵である。それが腹の膨らみを過ぎたところで、後ろ半分――実際は三分の一ほど――が無惨にも欠落している。

浅見はその絵を眺めていて、総身に汗が滲（にじ）むほどのショックを覚えた。この画家の異常としか思えない創作意図に許せないものを感じた。描かれている部分があまりにも完璧（かんぺき）すぎるだけに、後ろ半分を断ち切った悪意のおぞましさが強調されるのだ。

浅見はパンフレットを開いた。いくつかの代表作の中に、「半分の馬」の絵は特別なもののように独立したレイアウトで印刷され、解説が付されている。

馬（未完・絶筆）

日勝の絶筆となった未完成の作品。頭部から描きはじめられた馬が、胴体の中ほどまで描かれ、突然そこで中断されている。馬の後部はまったく描かれておらず、ベニヤの地肌がみえるだけである。

（絶筆――）

浅見はまた新たなショックを受けて、正面の作品に視線を戻した。少し近づいて子細に見ると、馬の後部の輪郭を形作る鉛筆の線が描かれているのが分かった。作者は後ろ半分を描く意志は持っていたのだ。頭部から克明にリアルに描いたのは、この画家の独特な技法だったのだろう。

　パンフレットの最後に神田日勝という画家の経歴が記載されている。

　昭和十二年東京・練馬生まれ。戦時疎開で十勝の鹿追町に移住し、開拓営農のかたわら油彩を制作、全道展会員となる。独立美術選抜展・第一回北海道秀作美術展など出品。昭和四十五年、三十二歳で急逝。

「三十二歳……」

　この鬼才といえる画家が、自分より一つ若くして死んだことに、浅見は厳粛なものを感じた。

　あらためて見渡すと、ホールの壁画は農民の生活感が滲み出てくるような、素朴な、しかしダイナミックな絵で埋められていた。いわゆる農民画家と呼ばれる画家だったのだろうか。モチーフには圧倒的に馬の絵が多く、また農家や小屋の絵が多かった。自画像もいくつかあって、どれも無骨な足の太い男に描かれている。

　浅見はこの世界のことにそれほど詳しいわけではないけれど、神田日勝という名前はただの一度も聞いたことがなかった。中央画壇では認められないまま、夭折した人物なのかもしれない。

（もし――）と、浅見はホールの中を一巡して考えた。もしこの「半分の馬」の絵がなかったとしたら、神田日勝はこれほどまでに人の心を惹きつけはしなかっただろう。

　いずれの作品にも、それぞれに面白さはあるけれど、どれもまだ粗削りで完成途上にあるような作品に思える。作風も何度か大きく変化していて、原色をふんだんに使った、メキシコの画家が描きそうなシュールな抽象画を量産した時期もあるらしい。この画家が自分の画道について、いかに悩み、苦しみ、揺れていたかを窺わせる。

そうして絶筆の馬の絵である。

皮肉なことに、この未完の「馬」こそが、もっとも完成度の高い迫力を、見る側にアピールしている。おそらくどんなに絵画に無関心な者でも、この「半分の馬」の絵の前に立てば、心に強い衝撃を覚えずにはいられないにちがいない。

長谷もこの絵を見たのだ——と浅見は確信した。そして、この絵を見たショックの延長線上で、何者かに出会ったのだ——。

浅見は「半分の馬」に背を向けて、ホールの中央に視線を転じた。そこに長谷と出会った人物が存在しているかのように、じっと眸(ひとみ)を凝らした。

第四章　画伯とその弟子

1

　中村典子が末次真也子の住所を探し当てたのは、結局「不幸の手紙」を受け取ってから一ヵ月近く後になった。ずいぶん大勢の友人に当たったあげく、ようやく分かった。世田谷区代田——というから、環状七号線の近くだ。

「あのひと、バツイチなのよ」と、教えてくれた友人が言っていた。真也子が住所変更を昔の仲間にも伝えていなかったのは、そのせいもあるらしい。

（バツイチなら立派な勲章じゃない——）

　典子はそんなことにも腹が立った。こちとら、バツどころか、マルもつきやしない。

　夜、電話をかけると、真也子は「あらっ」と驚いた声を発した。

「あなた、典子？　よく分かったわね」

　なんとなく非難めいた口調である。

「ずいぶん調べて、やっと見つけたわ」

　典子は言って、すぐに「あんたでしょう」と容赦のない追い打ちをかけた。

「何が？……」と、真也子は惚けるつもりらしかったが、典子が「だめよ、あなたぐらいしかいないんだから、いまどき万年筆であんなにきれいな字を書けるひとは」と言うと、すぐに諦めて「そうよ、私が出したのよ」と白状した。

「だって、私のところに来た葉書に、出さないと不幸になるって書いてあったんだもの、仕方ないじゃない。それと、ブルーブラックの万年筆で書いたのは、貰った葉書がそうだったから、そっくり同じように書いただけよ。典子だってそうしたんじゃないの？」

「私は葉書なんか出さなかったわよ」

「えっ、出さなかったって……ほんと？　それで何もなかった？」

「ん？……ああ、まあなかったけど、だけど気味が悪かったな。精神的苦痛ってやつね。当然慰謝料を請求するから」

「えっ、慰謝料なんて請求できるの？」

　真也子は本気で受け止めている。昔から自己中心で、おまけにシャレの通じない女だ。不幸の手紙だって、相手の言うなりに、何の疑問も感じないで、そっくり同じスタイルを真似て、七通の葉書を書きまくったにちがいない。こんなものは迷信に過ぎないのじゃないかとか、受け取った側の迷惑など、これっぽっちも考えてみようとしないのだ。

「そりゃ、なにがしの慰謝料は必要よ。そうね、煉瓦屋のステーキぐらいは覚悟してもらいたいわ」

「煉瓦屋って？」

「なあんだ、あんた煉瓦屋も知らないの？　いったい東京に何年住んでいるのよ」

「七年目……」

　答えてしまったのを後悔するように、語尾が小さくなった。

「七年目っていうと、じゃあ、短大出て、すぐなんだ。だったら私と大して違わないじゃない。そうか。あんた結婚したんだっけ。そのとき東京に出て来たの？」

「そうよ、もう別れたけど」

　真也子は観念したように、開き直った口調になった。

「ふーん、いろいろあったのね……それで、いま何しているの？」

「べつに」

「べつにって、仕事、何かしているんでしょう？」

「だめよ、いまどきバツイチの女なんか、雇ってくれるところ、どこもないわ」

「そんなことないわよ。私の周囲にだって、そんなのザラだから」

「ほかの人のことは知らないけど、とにかく私の場合はだめ。第一、働くのって、あまり好きじゃないの。それに、いまのところ慰謝料で食べていけるし」

「ふーん、いいご身分なんだ」

「とんでもない、慰謝料っていっても、大したことないし……。そうか、慰謝料か、慰謝料がとれるんだ」

「ははは、そのことはもういいのよ」

「よくはないわよ、生活がかかっているんだから」

「そんなに大変なら、いっそのこと広島に帰ったらいいのに」

「やめてよ、帰れるわけないでしょう」

「どうして？」

「どうしてって……あんたみたいな幸福な人間には分からないわね」

「私が？　幸福なもんですか」

「幸福よ。幸福に決まってるわよ。ひとの生き方にお節介を焼くようなのは、幸福に決まってるわよ。あんたなんかには、私のことなんか、何も分かりゃしないのよ」

　ふいに涙声になって、ガチャリと電話が切れた。

「バ・カ・ヤ・ロ……」

　受話器を睨（にら）んで、典子は呟いた。とてつもない虚しさが襲ってきた。何だってこの私が幸福なのよ――と思う一方で、末次真也子の「不幸」をあれこれ想像した。地方の短大を出てすぐに結婚して、上京して、離婚して、慰謝料で暮らしている……その間にいったいどんな「人生」があったのだろう。

典子の脳裏には、女子高時代、流行遅れのお下げ髪にして、文芸部員たちが書いた汚い原稿を、ガリ版印刷の原紙にきれいに書き写している真也子の姿しか浮かんでこない。真面目だったけれど、成績はあまりいいほうではなかったと思う。母親が書家であることと、母親譲りの達筆を自慢してはいても、どことなくそのことが重荷のようでもあった。母親に実力以上の期待を持たれているこ とが辛そうにも見えた。若くして結婚して東京に出て来たのも、そういう重圧から逃れる術であったのかもしれない。そして離婚して……いまとなっては、どのツラ下げて郷里に帰れるか――という気持ちなのだろうか。

真也子に「あんたみたいな幸福な人間」とアイクチを突きつけられたような言われ方をして、典子はショックだった。自分が幸福だなんて、ただの一度も思ったことはないつもりでいたけれど、他人の目にはそう映るものがあるのだろうか。

会社の連中は典子のことを「婦人警官」などと呼んだりする。融通がきかなくて、色気がなくて、ヘタに手を出そうものなら背負い投げでも食いそうなタイプだというのだ。そのとおりだ――としみじみ自覚することがある。気に染まないことがあれば、編集長といえども食ってかかるし、アルコールが入っても決して乱れることはない。だから長谷が接近してきても、毅然としてはねつけることしか考えなかった。

いまになってみると、長谷は本気で愛してくれていたのかもしれない——と、ふと思うことがある。悪ぶってみせていたのか、実際に悪だったのかは知らないが、長谷は彼らしいやり方で典子に愛を告白しようとしていたのかもしれないのだ。

　もしあの時、長谷の誘いを受けて、もっと親しみをこめた対応をしていたら、長谷は余計なことに気を奪われたりしなかっただろうし、あげくの果てに殺されるような悲劇にはならなかったともいえる。

　あの時の長谷は、典子の冷淡な対応に辟易して、名誉ある撤退のチャンスを窺っていたのかもしれない。何か興味の対象になるものを思いついて、その理由と口実を発見したような、そんな表情がたしかに見えた。もしそうだとしたら、自分の偏狭さが長谷を殺したことになる——と、典子は気分がドーンと落ち込んだ。

　末次真也子のことも、なんだかひどく気になってならなかった。電話で最後に涙声を出していたことなど、こっちにその気がないのに、結果的に何か傷つけるようなことを言ったのだろうか——と、ウジウジした反省が湧いてくる。

　だいたい典子には、間違ったことさえしていなければ、自分が常に正しい——という哲学的な思い込みがある。しかし、物事はそんな風に単純にいかない場合があることも、だんだん分かってきてはいる。

　たとえば、真也子が自分のことを「幸福な人間」と、いくぶん揶揄を込めて決めつけたのだって、ひどく一方的で理不尽なようだけれど、真也子の側からは何かの理由でそう見えるのかもしれない。

　週末になって、どうにも気になって、典子は真也子に電話してみた。ベルは鳴るのだが誰も出ない。その日は三度、翌日また四度電話したが、いずれも空振りに終わった。遊んで暮らしているみたいなことを言っていたが、そんなに出歩いて、よく生活していけるものだ。慰謝料がよほど高額なのか、それとも借金取りが多くて、居留守を決め込んでいるのか。ひょっとして、死んじゃっているんじゃないだろうな——。

ばかげたジョークを思いついて、典子は慌(あわ)てて、電話に向かって手を横に振った。

砂川編集長がよく、どこかに電話して相手が出ないと、「死に絶えたのかよ」などと、受話器に向けて悪いジョークを言う。それを真似て心に思っただけのことだが、思っただけでも神様に聞かれたような罪悪感に襲われてしまった。

電話の前を離れてからも、そのことがしだいに深刻に気になった。ジョークどころでなく、(変だわ——)と思った。

こう立て続けに電話しているのに、えんえん留守であるというのはおかしいのじゃないかしら——。いちどその考えに囚(とら)われると、足かせを嵌(は)められたように不気味な空想から抜け出せなくなった。

月曜日の勤め帰りに、典子は末次真也子の家を訪ねることにした。そうしないと気がすまなくなっていた。前もって電話を入れたのだが、やはり留守。もしかすると不在なのかもしれないが、たとえ無駄足になろうと、近所で様子を聞けるだけでもいいつもりだ。

山手線を渋谷で井の頭線に乗り換える。地図で調べると、真也子の近所——世田谷区代田は渋谷から五つめの新代田(しんだいた)駅にほど近いところである。うかつな話だが、電車が走りだしてから、典子は井の頭線の「井の頭」が長谷の事件のあった井の頭公園そのものであることに気づいた。駅名にも、終点の吉祥寺の一つ手前に、たしか「井の頭公園」というのがあったはずだ。

　だからといってべつに意味のあることではないのだが、それが偶然の一致であれば、なおのこと不気味な予感をつのらせる。

　新代田駅は環七の下といっていいような場所にある。階段を上がって改札口を出ると、環七の騒音がゴーッと押し寄せてきた。蒸し暑い日だったが、トラックが巻き上げる埃と猛烈な排気ガスとで、思わず口を覆わずにはいられない。

　道路を渡って反対側を少し入ったところに、わりと新しい、こぢんまりしたマンションがある。玄関先の鉄製の小粋な彫刻の入った看板に、「ヴィラ富士見」の文字が読めた。ここは高台になっていて、晴れた日には富士山が見えるのかもしれない。

　この辺りに来ると、環七の騒音も届かないし、庭に大きな樹木を植えた家も多く、静かな邸宅街の雰囲気がある。ヴィラ富士見も環境にマッチした五階建てのマンションで、上に行くにしたがって斜めに削り取ったようなデザインは、日照を妨げないための配慮なのだろう。

　404が末次真也子の部屋である。一階ロビーの郵便受に配達された新聞が分厚く突っ込んであるの見て、典子はますます憂鬱な気分になった。やはり留守なのか、それとも——と、妙な想像が頭を擡げる。

　どうしようか——と迷っている目の前にエレベーターが停まって、後から来た買い物帰りの主婦らしい女性が典子の脇をすり抜けて乗った。そのままドアを抑えて典子を待つポーズだ。仕方なく、典子もエレベーターに乗り、四階のボタンを押した。主婦は五階のボタンを押している。四階で停まりドアが開いて、いやでも下りなければならない。もはや躊躇も逡巡の余地もなくなった。

404号室の前に立って、大きく深呼吸をしてからチャイムボタンを押した。中からチャイムの音が聞こえた。耳をすませて応答を確かめたが、何の反応もない。

（やっぱり留守なのだ――）

むしろ自分に対する弁解のように思って、踵(きびす)を返そうとしたとき、ドアが外側に向けて、わずかに隙間(すきま)を作っているのに気づいた。試しにノブを引いてみると、ほとんど抵抗なくドアは半分ほど開いた。カーテンが下りているのだろうか、ドアの向こうはたそがれのように薄暗い。

（いやだ――）と、典子は本能的な恐怖に怯(おび)えて後ずさった。死の臭(にお)いとでもいうのだろうか、部屋の奥から、何か得体の知れぬ、湿気そのもののような空気が、ゆっくりと流れ出てくるのを感じた。

（そんなばかな――）と、自分の勝手な想像を打ち消そうとしたが、一度生じた不吉な予感はどんどん膨らんでゆく。

（どうしよう――）

半ば開いたドアの前に立ちすくんで、進むべきか退くべきかを思案したが、結局、典子は撤退する道を選んだ。要するに、末次真也子は留守だったのだ。それに、むやみに入り込めば不法侵入になるのではないか――と、正当な理由づけもできた。

早足でエレベーターホールへ行くと、ちょうどエレベーターのドアが開いて若い女性が出てきた。よほど異様な表情をしていたにちがいない、女性はびっくりした眼を典子に向けて、警戒するように身を避けた。

「末次さんのところ、お留守みたいです。ははは、無駄足を踏んでしまって……」

上擦(うわず)った声で笑い、意味のないことを口走って、典子はエレベーターに飛び乗り、急いで「閉」のボタンを押した。

　どこをどうやって帰ったのか記憶がないほど、典子は気持ちが動転していた。だからといって、何を見たというわけではない。ただ薄暗い室内の澱（よど）んだ空気を嗅（か）いだだけだ。それなのにいったい何に怯えているのか、自分でも説明がつかないけれど、とにかく何か不吉なものの気配を感じたことは確かだ。ことによると、こういうのを動物的本能とでもいうのかもしれない。

　帰宅しても、夕食の支度をする気になれず、近くのラーメン屋へ出かけた。

　典子は独り住まいだが、料理はけっこう、きちんとやるほうである。同じような境遇の女性には、自分だけのために料理なんかする気になれない――などと言うのが多いけれど、自分が食べる料理だから、ちゃんとしたものを作りたいと思うほうが道理にかなっている。第一、料理は趣味としても悪くない。もっとも、これで作ってやる相手がいれば申し分ないのだが――。

　丸一日が経（た）って、何事もなく、世の中は平常どおりに動いていた。典子も午後七時過ぎには会社を出て、近所のコンビニで料理の材料を仕入れて帰宅した。今日で五月も終わりか――と、少しオバンくさい感慨にふけりながら、手のほうはせっせと動いて料理を仕上げた。そろそろ九時になろうかという時刻であった。

　ハンバーグとスープをテーブルに並べ、さてとテレビをつけた。ローカルニュースの途中だった。いきなり「けさ、東京都世田谷区代田……」とアナウンサーの声が流れ出て、典子は手にした茶碗（ちゃわん）をあやうく取り落とすところだった。

「……代田のマンションの一室で、女の人が死んでいるのを、同じマンションに住む女性が発見し、警察に届け出ました。世田谷警察署の調べによりますと、死んでいたのはその部屋に住む無職・末次真也子さん二十七歳で、死後三日ほど経過していると見られます。死因に不審な点があり、警察では殺人事件の疑いもあるものと見て、捜査を進める模様です。なお、発見者の話によりますと、昨夜、エレベーター付近で挙動の不審な女性に出会っているところから、その女性が事件と何らかの関わりがある可能性もあり、警察は行方を追っています」

典子は床の上にしゃがみこんだ。腰が抜けるというのはこんな状態なのかもしれない。椅子に座る気力さえ失われた。予感が的中したからといって、自分を褒める気になど、もちろんなれない。

そのニュースはそこまでを報じて、次の話題に移っていた。まだ発生して間もない事件だから、細かい情報が不足しているのかもしれない。いまのところ分かっているのは、発見者が出会った「挙動不審の女性」だけである。

（どうしよう——）

木の床にペタッと横座りして、典子は茫然として、とりとめもなく考え込んだ。

2

世田谷区代田で女性が殺された事件のニュースを、浅見は然別湖畔のホテルで知った。朝、部屋に届けられた新聞の社会面に、ごく小さな扱いでその記事は載っていた。

東京世田谷で女性殺される

先月三十一日の朝、東京都世田谷区代田のマンションの部屋で、その部屋の住人である無職・末次真也子さん（27）が死んでいるのを隣室の主婦が発見、警察に届けた。警察が司法解剖して調べた結果、死因は毒物の服用によるものと断定、部屋の状況などから殺人事件とみて捜査を始めた。

　これだけである。その隣に大雪山麓の白滝村というところで、里近くにヒグマが現れた記事が出ていたが、そっちのほうが大きい扱いになっている。妙なもので、浅見もヒグマの話のほうに興味を惹かれた。殺人事件に不感症になっているのだとすると、困ったものだが、浅見の場合はそういうわけでなく、ヒグマが大きな記事になる地方新聞が新鮮に思えたからだ。

　東京にいると、日本の中心は東京であって、何でもかんでも東京中心に動いているような錯覚に陥るが、地方に視点を置けば、東京といえども一つの「地方」でしかないことに気づく。昔は情報量が圧倒的に多かったから、地方にとって東京は神秘的な憧れの対象であったけれど、メディアが発達した現在では、基本的な情報の量は中央も地方もさほど変わりない。ただし、東京には手近なところで何でも間に合う便利さはあるかもしれない。それとても、無駄なもの、余計なものが有り過ぎて情報の氾濫の中で溺れる危険性がある。そうして、その代償として、「東京には空がない」のである。これは決定的なことだ。北海道の空と山の鮮やかさを眺めると、その失った物の尊さをしみじみ感じないわけにいかない。

　浅見の胸には昨日の神田日勝記念館で「半分の馬」を見た感動の余韻が疼いていた。神田日勝という農民画家の逞しさは、やはり東京在住の画家にはないものだったろう。描く対象、描き方、描く画家自身が北海道そのもののような、日勝の芸術世界であった。

　神田日勝記念館は鹿追町立の施設で、浅見に応対してくれた館長の米川（よねかわ）という人は日勝の友人だったそうだ。米川自身も絵を描き、評論も書くという。そのせいか、取材に対しても協力的で、館長室に入れてお茶まで出してくれた。

浅見は最初、フリーのルポライターという触れ込みで、神田日勝の事績についていろいろと尋ねた。いつものケースなら、本題に入る前に、いわばマクラのような意味あいで、申し訳程度に話を聞くのだが、今回は日勝それ自体に関心があったから、マクラのほうがかえって長くなった。

「日勝」というのは、日勝峠とはじつは何の関係もないことが分かった。神田日勝は生まれたときに父親がつけた名前で、その父親もこの地方とは縁もゆかりもなく、日勝峠の名も知らなかったと考えられる。神田日勝の夫人・ミサ子から米川館長が聞いた話によると、日勝が生まれたのは日中戦争の始まった年で、父親が日本の勝利を祈念してそう命名したのではないか――ということらしい。

しかし、浅見が最初そうであったように、ＴＩＭＥ・１の長谷幸雄も「日勝」を日勝峠から取った雅号と考えたと思われる。「半分の馬」の絵を見た衝撃と、日勝という日勝峠と結びつく名前は、長谷のようなベテラン記者にとっても、際立（きわだ）って目新しい体験だったにちがいない。酔った勢いの饒舌（じょうぜつ）とはいえ、同僚の高根沢にその話をしたときの、「日勝」「日勝」と繰り返したという、熱っぽい話しぶりに、長谷の興奮が想像できる。

「去年の十月十七日頃、こちらでは何かイベントを行っていませんでしたか？」

浅見は訊（き）いてみた。長谷がグリュック王国やカナディアンワールドなど、北海道のテーマパークの取材に来ていたのだが、こういう施設でのイベントにも、関心があったかもしれない――と思ったのだが、米川館長は首を横に振った。

「いや、十月には取り立てていうほどのイベント行事は行っておりません。当館の主たるイベントは、八月二十五日の日勝の命日にちなんだものです。北海道という地域特性からいっても、お客さんは夏場に集中しまして、年間のおよそ六割がたは六月後半から九月の前半にかけての期間においでになるようです。去年のちょうどいまごろにオープンして一年間に約八万人の入場者数を数えておりますが、その内の五万人はその三ヵ月のあいだにみえたと思います」

一年間に八万人というのは、決して少ない数字ではない。規模の大きな芦別のカナディアンワールドが二十万人程度の入場者数でアップアップしているのからみれば、元来が地味な美術館としてはむしろ出来すぎといってもいいだろう。やはりあの「半分の馬」の絵が不思議な吸引力を発揮しているにちがいない。

「十月もその頃になると、北海道はそろそろしばれますからねえ。札幌とか函館（はこだて）とか、都会地や温泉ならともかく、田舎の美術館を見に来る方は、あまりいなくて当然です。もっとも、然別温泉へ行く途中にここに寄られる方は少なくないようですな」

米川館長の言うとおり、長谷も、それに浅見も然別温泉へ行く途中、ここに立ち寄っているのだ。

「その日に入館したお客さんの記録なんかはないのでしょうね」

浅見は一縷（いちる）の望みを込めて言った。

「そうですなあ、一般のお客さんがカウンターに寄るのは、チケットや記念の絵はがきを買う目的だけで、べつに名乗ったり名刺を置いて行ったりすることもありませんが……というと、何かそういったことを調べておられるのですか？」

米川ははじめて不審そうな目を向けた。

「ええ、じつは僕の知り合いに、北海道で行方不明になった者がいるのです。長谷という男で、北海道を車で旅して、こっちのほうへ来たことまでは分かっているのですが、ひょっとしてこちらに立ち寄ってはいないかと思いまして」

「長谷さんねえ……ちょっと調べてみましょうか」

　米川は親切に言って、「来館者記録」と表書きしたスクラップブックを持ってきてくれた。去年の十月の分である。テーブルの上で十月十七日のページを開いたが、ひと目見て気の毒そうに言った。

「いや、そういう方が見えたという記録はありませんなあ」

「すみません、ちょっと拝見できませんか。ことによるとペンネームで来ている可能性もありますから」

　浅見は少し強引かな——と思いながら、テーブルの上の来館者記録を引き寄せ、自分のほうに向きを変えた。

　何気ないふりをしてページをパラパラとめくってみた。記録簿には来館者自身の署名のほかに、名刺や記念写真も貼られている。政治家や学界の著名人の名もちらほら見えた。浅見はがぜん期待感がつのった。

　長谷の名がないのは、ここに記録を残すほど、著名ではないのだから当然ともいえるが、ほかのページにはマスコミが取材に訪れた記録もあり、テレビ局や新聞社の名刺も散見した。要するに、長谷はここではただの参観者に徹して、カウンタ一で正式に名乗ったり名刺を出したりはしなかったということだ。

　問題の十月十七日のページを開くと、いきなり

「三火会　竹内清堂」の名が目に飛び込んできた。

「竹内清堂……」

その名前に記憶があった。四月二十五日にホテルニュータカオのロビーホールに飾られた絵の下に嵌め込まれたプレートに、作者名としてその名が刻まれていた。熱心にその絵を眺めていると、「どうです、いい絵でしょう」と話しかけた男がいた。「竹内先生に惚れて、どうしてもとおねだりして描いていただいたのです。先程、ここでご一緒に絵を展示させていただいたのだが、このホテルにぴったりだなどとお褒めになられ、ほんとうにいい方ですなあ」などと、むやみに自画自賛するのも道理、後で、その人物があのホテルの社長であることが分かった。

浅見が知っているくらいだから、長谷だって、あの日、ニュータカオに竹内清堂画伯がいたことを知っていたにちがいない。

「ご存じですか、竹内先生を」

館長が訊いた。浅見は「はあ、まあ名前だけは」と答えた。

「竹内先生は洋画界の重鎮の一人ですよ。現代具象派を代表する方といってもいいでしょうか。その竹内先生がお弟子さんたちとのグループでお見えになりましてね。然別温泉へスケッチ旅行に行かれる途中、立ち寄られたのだそうですが、あの先生は以前から日勝の絵を高く評価されていて、しばらくここで熱っぽくお話しして行かれました」

米川はその時の情景を思い出すように、天井を見上げながら言った。

もし、長谷の「会った」人物が竹内清堂だとすると、長谷はここか然別温泉か、どちらかで会うチャンスがあったことになる。浅見はがぜん勢いづいた。

然別温泉のある然別湖はさらに四〇キロ近く北上したところだが、然別湖も鹿追町の町域なのであった。ずっと舗装された道で、最後の二キロほどが山道になる。巨大なフキの生える森の中を登りつめると、ポッカリと視界が開け、山に抱かれた小さな湖が目の前にあった。吸い込まれそうになるほど透明度の高い湖だ。その湖畔に温泉が湧き、大きなホテルが二軒ある。

浅見は長谷が泊まったのと同じ然別レイクホテルに宿を取った。チェックインのときに去年の十月十七日のことを訊いた。フロント係は少し煩わしそうだったが、すぐに調べて、長谷幸雄が宿泊していることを確認してくれた。

「長谷さんは誰と一緒だったか、分かりませんか？」

浅見はとぼけて、訊いてみた。

「いえ、お一人でお泊まりでしたが」

「えっ、そうだったのですか？　おかしいな、ここで著名人と一緒だったような話をしていたのですが」

「それでしたら、どなたか、お客様の中にお知り合いの方がおいでだったのではないでしょうか。当ホテルには各界の著名な方がお見えになりますので」

フロント係は誇らしげに言った。

「あ、そうでしょうね。それで、その日はどういう方が見えていました？」

「えーと、この日は画家の竹内清堂先生とか、J大教授の溝原武雄先生のお名前がございますが」

「ああ、竹内清堂さんが泊まられたのですか。竹内さんはお一人で？」

「いえ、三部屋お取りしております。お弟子さんが三人ご一緒でした」

「四人で三部屋というと、お弟子さんは男性が二人に女性が一人ですね」

「そうですね……よくお分かりで」

フロント係はびっくりしたように浅見を見つめた。男性一人女性二人というケースもあるわけだが、浅見は女性は一人——と決めてかかった。

「いや、竹内先生がいつも連れて歩いているお弟子さんは、だいたい決まっているのですよ。女性はたしか安田さんじゃないかな。若い人だったでしょう？」

「はあ、若い女の方ですが、安田様ではありませんね。天野(あまの)様とおっしゃる方です」

「えっ、天野さんが？」

「ご存じですか？」

「え、ああ知ってますよ。やっぱり竹内清堂画伯のお気に入りの一人でしてね。美人だったでしょう」

「はあ、たしかにおきれいな方でしたが」

フロント係は苦笑した。そういう気で見るせいか、その笑い方に、何となく意味ありげな印象を受けた。

竹内清堂とその女性の関係を洗ってみる必要があると浅見は思った。ことによると、長谷は竹内とその連れの女性との不倫の現場を目撃したのかもしれなかった。もしそうだとすると、長谷の取材を受けた側としては、脅威を感じたことだろう。もっとも、いくら不倫の秘密を守るためとはいえ、たったそれだけのことで殺人を犯すとは考えにくいが、もののはずみという可能性もある。

部屋に納まってからすぐに、『旅と歴史』の藤田に電話した。仕事の現状報告に事寄せて、ふと思い出したように、さり気ない口ぶりで竹内清堂の住所を訊いた。美術になんかおよそ無縁のような藤田でも、竹内清堂の名前は知っていて、気軽に住所録を調べてくれた。

浅見としては、ひそかに三鷹市か武蔵野市——つまり井の頭公園に近い住所を予想していたのだが、その期待は裏切られた。

「横浜市緑区だな……」

藤田はそう言って、「竹内清堂に何かあったのかい？」と訊いた。

「いや、たまたま然別湖のホテルで一緒になっただけですよ。北海道に来た目的なんか、何か話が聞ければと思いましてね。それでどこに住んでるのかぐらいの予備知識を仕込んでおかないと……」

「ふーん、なるほど仕事熱心なもんだねえ。そうやって取材の内容を幅広いものにしてゆくってわけか。いやあ、いかにも浅見ちゃんらしいなあ。感心感心……」

何も知らない藤田は、わけも分からないまま褒めていた。

＊

朝のたぶん六時ごろだろうか、湖水のほうから何やらキツネ狩りの合図のような、ホルンと豆腐屋のラッパをミックスしたような音が響いて目を覚まされたのだが、あれはどうやら、釣り解禁の合図だったらしい。朝食の後、湖畔を散歩してみると、湖面のあちこちにボートを浮かべた太公望(たいこうぼう)たちが、しきりにルアーを投げていた。

然別湖はオショロコマの生息地として知られている。一時は絶滅の危機に瀕(ひん)したのを、鹿追町が管理してなんとか人工繁殖させ、かなりの数まで戻したそうだ。現在は六月の一ヵ月間だけ、時間と入漁者と数量を限って解禁している。今日はたまたまその初日にぶつかったというわけだ。

魚影はかなり濃いらしく、湖面のあちこちでしぶきが上がり、ひっきりなしに銀鱗(ぎんりん)が躍った。釣り人たちは歓声も上げずに、黙々と釣果を競っている。浅見はその風景を眺めながら、長谷幸雄が辿ったであろう道筋に思いを馳せてみた。

長谷が「日勝」と言い「半分の馬」と言ったこと、そしてその二つのキーワードからある人物を連想したことの背景には、鹿追町の神田日勝記念館と然別温泉があったのであり、また、それ以上には範囲を広げる必要はない――と思った。

然別温泉に一泊した後、長谷は芦別へ移動している。何者かに出会った場所としては、カナディアンワールドであった可能性も、まったく否定できるものではないかもしれないが、「神田日勝」や「半分の馬」から、その人物との出会いに連想が走るにしては、芦別まではいかにも距離が遠すぎる。半分の馬の話をして、「あ、あそこで見たのだ」と思い出すその距離は、神田日勝記念館の中か、せいぜい離れても然別湖畔の温泉までと考えるのが妥当な線だ。その両方で、長谷は竹内清堂と出会うチャンスがあった。

いよいよ、すべての条件が竹内清堂を指し示しているように思えた。浅見は胸の内では一刻も早く、その事実関係を確かめたい欲求がつのってきた。

ホテルに戻って、出発の支度を整えてから自宅に電話した。須美子が出て「あら坊っちゃま、ちょうどよかった」と言った。

「たったいま、中村さんておっしゃる女性の方からお電話があって、なるべく早くお電話をいただきたいとのことでした。ご自宅と会社と両方の電話番号をお聞きしておきましたけど」

例によって「女性の方」という部分に妙にこだわって、力をこめて報告した。

浅見は時計を見て、中村典子の自宅のほうに電話を入れた。出版社の出社は遅いのが常識だ。実業書院の場合はどうか知らないが、『旅と歴史』の藤田あたりは、赤提灯をはしごして、まだ帰宅途中かもしれない。

ベルを一度鳴らしただけですぐに典子が出た。

「ああ、浅見さん……」

浅見の声を聞いたとたん、救われたような声を出した。

「やあ、まだお宅にいたのですね」

浅見は彼女の精神状態がふつうでないことを察知して、わざと陽気な声を出した。

「ええ、ちょっと落ち込んじゃって、会社へ行く気分ではないんです」

「ほう、落ち込んだというと、また誰か死にましたか」

ジョークに対して、典子は一瞬「えっ」と息を飲んだ。その瞬間、浅見も（あっ——）と思った。けさの新聞に出ていた代田の殺人事件の被害者は、たしか二十七歳の女性だった。

「ひょっとすると、世田谷区代田の事件のことですか？」

「そうです、そうなんです……でも、浅見さんはどうしてそのことを……」

典子はまるで悪魔にでも遭ったように声を震わせた。

3

浅見は急遽、予定を変更して、東京へ引き上げることにした。『旅と歴史』の藤田編集長に説明してある予定では、芦別のカナディアンワールドを取材することになっていたのだが、それどころではない展開だ。

それに、「日勝」の謎も、長谷が会ったと思われる人物も割れたし、浅見の本来の目的からすれば、それなりの収穫があったと考えていいだろう。もちろん藤田は不満かもしれないが、神田日勝記念館の見聞録と、幻の魚・オショロコマ大漁の記事でも書いておけば、なんとかその場凌ぎにはなりそうだ。それでも文句を言うようだったら取材費を返せばいい。膨大な出費は痛いが、背に腹は代えられない。

　三時半の飛行機で帯広を発ち、六時に目黒駅前の喫茶店で中村典子と落ち合った。典子は壁際の薄暗い席で、人に見られるのを恐れるのか、顔を壁に向けて座っていた。浅見が声をかけると、ほんの一瞬振り向いて会釈したものの、すぐにまた顔を背けるような姿勢になった。やはり会社を休んで、ここまで出てくるのもやっとの思いだったらしい。

「そんなに警戒しなくても大丈夫ですよ」

　浅見は笑ったが本人にしてみれば、それどころではないのだろう。ニコリともしないで、悲しそうな目で浅見を睨んだ。それでも、自分一人で思い詰めていたところに、浅見という頼もしい援軍が到着したという安堵感は仄見える。

「すみません、浅見さん、ほんとに北海道へ行かれたんですね。そんなこと知らなかったもんで、ご迷惑をおかけしました」

　あらためて頭を下げた。

「いや、ちゃんと仕事を作りましたからね、旅費の心配はないのです」

「でも、あの、急に帰って来られて、お仕事のほうは大丈夫なんですか？」

「ああ、ちょうど取材が終わったところでしたから。そんなことより、早速、事件の話をしてくれませんか」

「ええ、でも何から話せばいいのか……」

「何からでも……まあ、順番どおりに話すのが理想的ですけどね。しかし、前後してもいいじゃないですか。完璧でなくても、最初は概略だけ話してもらえば、全体像が分かりますよ」

「じゃあ……じつは、不幸の手紙の送り主が分かったのです」

「ほう、誰だったのですか?」

「高校時代の友人で、末次真也子っていう人です」

　典子は、帰省した際に、偶然のように不幸の手紙と似た筆跡の古い手紙を発見したことから始めて、末次真也子を訪ねた日の出来事を話した。電話をかけてもいつも留守だったために不安を感じて、マンションを訪問したこと。ドアが開いているのを見て、言い知れぬ不吉な予感がしたこと。最後に、昨夜自宅でテレビのニュースを見て、自分が容疑者になってしまっているらしいことを知った時のショックに到るまでを、ところどころ、浅見の質問に助けられながら、克明になぞった。

「なるほど……」

　浅見は聞き終わって、しばらく天井を眺めながら典子の話を整理した。

「あの、警察、来るでしょうか?」

　典子は不安そうに、小声で訊いた。

「え?　ああ、来るでしょうね、いずれ」

「でも、末次さんとは高校を卒業してからずっと付き合いはないし、今度のことだって、電話でしか話してないんですけど」

「しかし、あなたに不幸の手紙をくれたのですから、末次さんのところの住所録か名簿には、あなたの名前があることは間違いないでしょう。警察はすべての手掛かりを、虱つぶしに接触してきます。まず時間の問題だと思っていいでしょうね」

「じゃあ、だめだわ……あそこのマンションの女のひと二人に顔を見られているし、それにドアのノブに触って、指紋が残っているんだもの……」

典子は絶望的に言って、肩を落とした。

「ははは、警察が来たってあなたは犯人じゃないのだから」

「だけど、私の話を信じてくれるかどうか分からないじゃないですか。取調室に入れられて、ありもしない自白をさせられて、あげくの果て、犯人に仕立て上げられちゃうかもしれません」

「まさか、そんなことはないですよ」

そう言ったものの、警察の取り調べがかなりきびしいものになるであろうことは、浅見も予想しないわけにいかなかった。被害者の部屋のドアが開いていて、挙動不審の女性が現場から「逃走」したとなると、とりあえずその女性が容疑の対象と考えるのは、むしろ当然のことだ。

「いちばんいい方法は警察に出頭することですね」

「出頭？……」

典子は肩を震わせた。

「ええ、それが最善です。出頭してありのままを言えば、警察もとりあえず心証をよくしますからね。過酷な取り調べなんかはしないと思いますよ。そうしたほうがいいな。一人で心細ければ、僕が一緒について行って上げます」

「浅見さんが弁護してくれるんですか？」

「ははは、僕は弁護士じゃないですが……しかし、力にはなって上げられるかもしれません」

「でも、どうやって？」

「それは……」

浅見は答えに窮したが、すぐにニッコリ笑って見せた。

「犯人を捕まえればいいのです」

「そんな……」

典子は呆(あき)れて、不信に満ちた目で浅見を睨んだ。

「他人事だと思って、浅見さん、気楽なことを言わないでくれませんか。警察がそんなに簡単に犯人を捕まえてくれるなら、何も私が出頭する必要はないわけでしょう。新聞やテレビで見るかぎり、私のこと以外、何も手掛かりがないみたいなんですよ」

「そう、だから警察だけに任せておかないで、われわれも犯人を探すのです」

「えーっ、浅見さんが犯人をですか？　そんなこと、できるのですか？」

「いや、僕はいま、われわれと言ったはずですけどね」

「われわれって……まさか、私のことを言ってるんですか？」

「そうですよ、中村さんのことです。あなた自身がそうしなければ、事件は解決するはずがないでしょう」

「だめっ、だめですよそんなの。そりゃ、私も協力ぐらいはしますけど、でも、知っていることはさっき全部お話ししちゃったし、それ以上のことは何も分かりませんよ」

「それは違うな」

浅見は真顔で、じっと典子の目を見つめながら、諭すように言った。

「あなたがいま話してくれたことは、あなたの行動のダイジェストにすぎませんよ。それ以外に、じつはまだ話していない、もっと細かいことが沢山あるはずなのです。たとえば、あなたがドアのノブに触ったのは右手か左手かといったことだとか、ドアの向こうの末次さんの部屋の様子に不吉な予感を抱いたのはなぜかということなんかについて、まだ話してくれていないじゃないですか」

「だって、そんなこと……ノブに触ったのはたしか右手だと思うけど、なぜ不吉な予感を抱いたかなんて、そんなの分かるはずがありませんよ」

「いや、分かるはずです」

「分かりませんて、絶対に」

「それじゃ訊きますが、あなたが末次さんのマンションを訪ねたのはなぜですか？」

「それは、だから、何となく気になったからです」

「何が気になったのですか？」

「何がって……どうしているのかなとか、心配だったのです。何度電話しても出ないし、もしかしたら何か変わったことがあったかもしれないし、もし留守でも、近所の人に訊けば分かるかと思って……」

「つまり、末次さんの身に何かよくないことが起きているのではないかと心配したのですね？」

「まあ、そういうことです」

「しかし、あなたは末次さんとは高校卒業以来、一度も会ったことがなかったのでしょう？　そんなに親しい相手でもないのに、連絡がつかないからといって、不吉な予感を抱くことはないのじゃありませんか？」

「……」

「それにも関わらず、心配してたしかめに行くからには、何かそれなりの理由があるはずです。絶対にあります」

浅見は、典子の胸の壁に穴を開ける勢いで、断固として言い放った。典子は記憶の底を模索するように、視線をあちこちに彷徨（さまよ）わせてから、不承（ふしょう）不承（ぶしょう）、言った。

「彼女、末次さん、電話で最後のほう、涙声だったから、それが気になっていたのかもしれません」

「ほう、涙声ですか……涙声で、何て言ったのですか？」

「つまらないことなんです。あんたなんかに、私のことなんか何も分からない――そう言ったんです」

「ほう……」

浅見は思わず、商談成立を目前にしたセールスマンのように、テーブルの下で両手を擦り合わせた。

「いったい、なぜ何も分からないって言ったのですか？」

典子は視線を逸らして、「ですから、ばかげたことです」と言ったが、浅見はその視線を捕まえるように、彼女の顔を覗き込んで、「ふんふん……」とつづきを催促した。

「末次さんは、こう言ったんです。あなたみたいな幸福な人間には分からない――って。こんな不幸な女に向かってですよ」

「ははは……」

浅見は笑ったが、典子は「笑いごとじゃありません」と抗議した。

「失礼。しかし、あなたが不幸だとしたら、末次さんの不幸も大したことはないということになりそうですね」

「そうですよ。私のことはともかく、彼女が不幸だなんて、贅沢すぎますよ。あんないいマンションに住んで、しかも、働きもしないで慰謝料だけで生活していて、それで何が不幸なものですか」

「慰謝料？……」

「ええ、彼女は何年だか前に離婚したのだそうです」

「なるほど……それじゃ、警察はあなたのところには当分来ませんね。差し当たり、離婚したご主人と、その女性関係を追及するのに忙殺されるでしょうから」

「そうか……じゃあ、犯人は前のご主人の関係ですか？」

「さあ、たぶん違うでしょう。もしそうなら、事件はすぐに解決しますよ。もっとも、警察は徹底的に調べ上げるだろうけれど」

　浅見は眉をひそめた。容疑対象と見定めたときの警察の調べ方の仮借のなさを想像すると、他人事ながら憂鬱になる。

「それじゃ、もう一回お復習いをしましょうか。まず、中村さんが末次さんに電話したときの話の内容を、最初から詳しく話してみてくれませんか」

「えーっ、そんなの、もうすっかり忘れちゃいましたよ」

「いやいや、忘れてはいませんよ。さっき教えてくれたじゃないですか。不幸な女に向かって、幸福だなんて——と言ったとか」

「それは、その程度なら憶えていますけど、詳しくなんてだめですよ」

「しかし、電話をかけたのはあなたのほうからでしょう。たしか、何年ぶりかとかいうことでしたね」

「もう、かれこれ十年ぶりぐらいです」

「ほらほら、十年も音信不通だった相手から電話をもらって、末次さんは驚いたのじゃありませんか？」

「それは驚いてました。不幸の手紙を出した後ろめたさがあったせいでしょう」

「そのことですが、どうして分かったか、教えたのですか？」

「ええ、訊かれましたから、教えてやりました。筆跡なんかで推理したってことを」

　典子は誇らしげに言った。

「いまどき万年筆できれいな字を書くのは、あなたぐらいだって言ってやりました」

「それがズバリだったのですね」

「ええ、でも、彼女にはそれほどの悪意はなく、自分のところに届いた葉書をばか丁寧に真似したいだけだったみたいです。彼女はそういう、ひとの言いなりになる単純さと、妙に几帳面なところがあったんです。私が不幸の手紙を出さなかったって言ったら、『それで何もなかったの？』って、びっくりしていました。だから、この辺で堪忍してやろうと思って、ジョークで、慰謝料に煉瓦屋を奢れって言ってやったんです」

「ははは、なるほど、そいつは妥当なセンですね」

「でしょう？　だけど彼女、ぜんぜんシャレが通じなくて、本気で慰謝料を取られることを心配してるんです。そうだわ、もしかすると、自分も慰謝料を取る気になったのかもしれない……」

　それから典子は、末次真也子とのやり取りを、言葉の端ばしまでに注意を配りながら、浅見に語った。浅見が何を求めているのかを、ようやく把握したらしい。そして最後に、末次真也子が罵るように言った「幸福な人間には分からない……」という言葉に達し、涙声で電話を切ったところまでを再現し終えて、「ほんと、一つずつ思い出すと、けっこう憶えているものですねえ」と言い、大きく吐息をついた。

「それはあなたの記憶力がいいのと、ごく最近のことだし、それに何よりも、印象の強い出来事だったからですよ。人によっては、三日前の夕食のおかずが何だったのかさえ、忘れてしまうものなのです」

「ふーん、そうなんですか……ああ、そういえば、三日前の晩、何を食べたかしら？」

　典子はそう言って、浅見と顔を見合わせ、弾かれたように、とめどない感じで笑いだした。「あの日」の行動を洗いざらい浅見に話してしまったことで、重苦しい緊張感から解き放たれたような、すっきりした気分なのかもしれない。

典子の笑いが収まるのを待って、浅見は優しく、しかし容赦なく、言った。

「さて、それでは明日、僕と一緒に捜査本部へ出かけましょう」

「えっ……」と、典子は一瞬動揺したが、観念したように、「はい」と頷いた。

4

マスコミを通じた発表によると、末次真也子殺害の事件は顔見知りによる犯行の可能性が強いということのようだ。室内に争った形跡はなく、物色された形跡もないらしい。死因はコーヒーに混入された毒物によるもので、テーブルの上には被害者のものと、もう一つ口をつけてないコーヒーカップが載っていた。犯人は「客」として末次真也子を訪れ、コーヒーの中に毒物を投じ、真也子を殺害、逃亡したものと見られる。

警察は怨恨(えんこん)による計画的な犯行と見て捜査を進め、マンションの住人等に犯行当時、不審な人物を見かけなかったか聞き込みを行う一方、被害者と親しい関係にあった知人等について、事情聴取を行っているもようだ。とくに、離婚した元の夫とは、慰謝料問題等でこじれた経緯もあるし、また夫の愛人——現在の夫人とのあいだにも怨恨関係があることは否定できないだろう。浅見の仕入れた予備知識は、せいぜいその程度のものだった。

世田谷署の捜査本部では、出頭してきた二人を、概(おおむ)ね好意的に扱ってくれた。唯一(ゆいいつ)、中村典子が真也子のマンションを訪問した際、何か異様な気配を感じて、ドアを半開きにしたまま帰って行った

――という点にだけは、多少疑惑を抱いた様子だが、事件そのものには関係ないと判断したらしい。

もっとも、末次真也子が殺されたのは、典子が訪ねる三日前の午後六時から九時ごろのあいだで、その時刻には典子は会社で同僚と仕事をしていたから、アリバイは完璧だ。

それでも警察は紳士的に、一応典子に了解を取って会社に確認の問い合わせをした。寝耳に水の砂川編集長はさぞかし驚いただろうが、その驚きが、口裏合わせのないことを証明し、典子の供述は信憑性を高めてくれた。いずれ刑事がウラを取りに直接出向くにしても、差し当たっては容疑の対象にならないですんだ。

「ところで」と、ひととおり事情聴取が終わって、尋問に当たった刑事の表情が和らいだのを見て、浅見は言った。

「捜査の進捗状況はいかがですか？」

「ん？　いや、まだ始まったばかりですからなあ」

刑事は若いほうが須田、年配のほうは法輪という珍しい名前の部長刑事で、尋問はおもに法輪が一人で行い、須田刑事は記録を取るほうに専念していた。

「たしか、被害者は離婚して、慰謝料だけで生活しているのでしたね」

「ああ、まあそのようだが……あなた、やけに詳しいですな」

法輪はいくぶん迷惑そうに、目の端に皺を寄せて、浅見を窺い見た。

「はあ、中村さんにちょっと聞いただけですが。そうすると、警察としては、当然、前のご主人の身辺を捜査しているわけですか」

「さあ、どうですかな。そんな捜査の内容をお話しするわけにはいかない」

「いや、常識的にはそうだろうなと思ったものですからね。しかしその方たちは事件とは関係ありませんよ、きっと」

「ふーん、どうしてそう考えるのです？」

「もちろん、犯人がほかにいるからです」

「はあ？……」

法輪は呆れて、須田刑事と顔を見合わせると、高笑いした。

「ははは、そりゃまあ、そのとおりですな。犯人がほかにいるからねえ……ははは、そいつはいい」

素人の考え方を大いに笑ったが、浅見は真面目くさった顔を崩さない。

「そうでしょう、いいでしょう？　そこで問題は、一刻も早く、前のご主人を捜査対象からはずして、ほかに犯人がいることを想定することなのです」

「いや、分かりましたよ。もちろん警察もそういうことも想定した上で捜査を進めていますがね」

法輪は扱いかねる——という顔で、「それではお引き取りいただいてけっこうです」と言った。

「帰らせていただく前に、ひとつお訊きしておきたいのですが」

浅見は椅子から腰を上げずに、ねばりづよく言った。

「末次さんを殺害した動機についてですが、警察はどう考えているのでしょうか？」

「それはまだ分かりませんよ。動機が分かれば、事件はだいたい解決したようなものですからな」

「でしたら、ぜひお調べになることをお勧めしたいことがあります」

「はあ、何でしょう？」

「手紙類を調べることです」

「そんなことは、言われなくてもやっております よ。手紙、書類等は被害者宅から押収してあります。かなり几帳面な性格だったようで、もらった手紙はきちんと保存していたみたいですな。被害者の交友関係はほぼ明らかになりつつあります」

「その中に不幸の手紙はありましたか？」

「不幸の手紙？……」

法輪部長刑事はキョトンとした目を、おかしなことばかり言う来訪者に向けた。

「何です？　それは？」

「不幸の手紙を知りませんか？　ほら、この手紙と同じものを七人に宛てて送れという内容の手紙です。大抵は葉書ですが、指示どおりに送らないと、死か、それと同じ程度の不幸が訪れるという」

「ああ、そういう物があるってことは知ってますがね。しかし、実物にお目にかかったことはないですなあ」

「というと、末次さんのお宅からは、不幸の手紙が発見されていないということですね。それはおかしいな、妙ですね」

漠然とした予感のようなものがあって訊いてみたのだが、浅見はそれがもろに的中したことに、むしろ驚いた。法輪部長刑事も、そういう浅見の様子に、ちょっとばかり不安を感じたようだ。

「なぜです？　何がおかしいのです？　あなた、被害者宅に不幸の手紙があることを知っているのですか？」

「知っているわけではありませんが、当然、なければならないはずなのです。じつはですね、中村さんが末次さんのお宅を訪ねたそもそものきっかけは、その不幸の手紙だったのですから」

浅見は典子の代わりに、その経緯を話した。しかし、二人の刑事は浅見が想像したほどの反応を示さない。それがどうした——という顔を見合わせている。

「不幸の手紙がないからって、べつに大した問題ではないでしょう」

「えっ、法輪さんはさっき、末次さんは几帳面な性格で、手紙類はきちんと保存してあったとおっしゃったじゃないですか」

「そりゃそうだが、しかし不幸の手紙みたいな縁起の悪いもの、とっておく必要はないでしょう」

「いや、とっておきますよ」

「ははは、あなたはそうかもしれないが、末次さんは捨てたのでしょう」

「もし捨ててなかったとしたら、どういうことになりますか」

「どういうって……現になかったのだから、捨てたってことでしょう」

「なかったことイコール捨てたことにはならないと思いますが」

「それはそうかもしれないが……じゃあ、かりに捨てなかったとして、それが何だというのですか？」

「つまり、不幸の手紙は盗まれたという意味です」

「盗まれた？　そんなつまらない物を誰が盗みますかね？」

「もちろん、末次さんを殺した犯人です」

「えっ？……」

法輪も、隣の須田も、（こいつ、ばかじゃなかろうか――）と言いたそうだ。

「ははは、まあ、あなたの言うとおりだとすると、末次さんを殺害した犯行の目的は、その不幸の手紙を盗むことにあったというわけですか」

「いえ、目的が不幸の手紙かどうかは分かりませんが、盗んだのはその犯人であることは間違いありません。念のためにお訊きしますが、ほかに何か盗まれた物はあったのでしょうか？」

「いや何もないと考えていますよ。室内には物色されたような形跡がない――つまり、盗み目的の犯行ではないと判断したのです」

「ほら、そうでしょう。それにも関わらず、不幸の手紙だけが無くなっている。要するに犯人は不幸の手紙だけを盗んだのです」

「参ったなあ……」

法輪は弱りきったように顔をしかめ、首筋をポリポリ掻（か）いた。この思い込みの強い客をどうすれば追い返せるか――と思案している顔である。

沈黙した先輩に代わって、須田刑事がはじめて口を開いて、「えーと、浅見さん」と言った。

「いったい、そんな不幸の手紙みたいなものを盗んで、何の役に立つんですか？」

「それはもちろん、犯人の手掛かりを残さないために決まってます。自分の出した不幸の手紙が、テーブルの上に載っていては、具合が悪いですからね」

「えっ、じゃあ、その不幸の手紙ってのは、末次さんを殺害した犯人が出したものってことですか？」

「そうですよ、それ以外には考えられないでしょう」

「だけど、いくら何でも、そんな物を盗むために、殺人を犯すとは、とても考えられませんけどねえ」

「いいえ、殺害の目的が手紙を盗むことにあったとは思えません。しかし、いずれにしても、目の前に自分の出した手紙があるのを、そのままにして引き上げるはずがないではありませんか」

「うーん、それはまあ、そうだけど……もしそうだとすると、末次さんは不幸の手紙を寄越した相手が誰なのか、見破ったってことになりますよ」

「そのとおりですね。中村さんが不幸の手紙の差出人を末次さんだと見破ったのと同じです」

「なるほど……だけど、見破ったとして、それでどうして殺されなきゃならなかったんですかねえ？　浅見さんだって、不幸の手紙が殺害の動機であるとは考えていないって、さっき言ったじゃないですか」

「ええ、そう言いました。しかし、殺害の動機にはならないとしても、犯行のきっかけにはなった可能性があります」

「ふーん、どうしてですか？　どうしてそうなるのですか？」

「恐喝だと思います」

「恐喝？　恐喝のあげくに殺害したっていうのですか？」

「いや、逆です。恐喝したのは末次さんのほうです」

「えーっ、ほんとですか？」

「本当かどうかは分かりません。しかし、その可能性はあると思います。もっとも、末次さんの側には恐喝の意図はなかったと思いますが、相手側としてはそう受け取ったのでしょう」

何か反論しようとする須田を、法輪部長刑事が「ちょっと待った」と制して言った。

「浅見さん、あなた、いろいろ考えてくれるのはありがたいのだが、無茶苦茶を言ってもらっては困りますな。ことに被害者の名誉に関わるようなことを言いふらすと、あとで厄介なことになりますぞ」

「ご心配いただいて感謝します。しかし、僕はここ以外の場所では、こんな話をするつもりはありませんので、ご安心を。それから、僕は何も無茶苦茶を言っているわけではないのです。こちらの中村さんのケースから言っても、恐喝の可能性は十分、考えられるのです」

「えっ、私がどうしたんですか？」

ずっと置物のようにおとなしく座っていた典子が、いきなり自分の名前が出たのに飛び上がった。

「ほら、あなたが末次さんに慰謝料を請求したでしょう。あれと同じことを末次さんも真似たのですよ」

「そんな……」

典子が抗議しようと息を飲んだとき、法輪はまた「ちょっと待った」と割り込んだ。

「中村さん、あなた末次さんを恐喝していたのですか？　いままで隠していたが、それは重大な問題ですな」

「ははは、恐喝だなんて言ってませんよ」

浅見は笑って言った。

「中村さんは末次さんに慰謝料を要求したのです。それだけのことです」

「慰謝料といったって、不当な要求をすれば恐喝の疑いがあることになる」

「さあ、不当と言えますかねえ、たかが煉瓦屋のステーキを要求したことが」

「煉瓦屋のステーキ？」

「そうですよ。中村さんは、不幸の手紙で精神的ダメージを受けた慰謝料として、末次さんに煉瓦屋に招待するように要求したのです。もっとも、あくまでもジョークとしてでしょうけどね」

「必ずしもジョークだけじゃありませんでしたよ」

典子は異議を唱えた。

「ステーキぐらいはご馳走してもらって、当然だと思ってましたもの」

「ばかばかしい……」

法輪は本気で怒っている。

「こっちは真面目に聞いているのですぞ。警察でふざけた話はしないでもらいたい」

「いや、僕だって真面目ですよ」

浅見も真顔で反論した。

「中村さんの場合は煉瓦屋で済んだけれど、末次さんはそれでは済まさなかったのではないかと思うのです。末次さんは別れた元の亭主からの慰謝料で生活していましたから、中村さんと違って、『慰謝料』という言葉からは、ストレートにお金を連想したにちがいないのです。まあ、金額の多少はあるでしょうが、いずれにしても煉瓦屋のステーキのレベルではなかったことは確かでしょうね」

「それにしたって、たかが不幸の手紙くらいのことで、殺人事件に結びつくような恐喝ができるはずがないでしょう」

「ですから、恐喝と殺人とは直接は関係はないと言っているのです。ただ、きっかけになっただろうことはたしかです。つまり、殺人事件を引き起こす導火線というか、呼び水というか……」

「それじゃ、殺害の真の動機っていうのはべつのところにあるというのですか？」

「そのとおりです」

「それはいったい、何です？」

「知りません」

浅見はケロッとした顔で言った。二人の刑事ばかりでなく、中村典子までが、あっけに取られたように、口を大きく開けて、浅見の顔を見つめた。

第五章　幸せの予感

1

帰宅すると、玄関に須美子が出て来て、「坊っちゃま、すてきな絵はがき、ありがとうございました」と言った。

「さっき、郵便屋さんが来て、ポストを開けたら、私宛のお便りがあったもんで、もうびっくり……」

目がキラキラして、嬉しさいっぱい——といった感じで言うものだから、浅見は照れてしまった。

「幸福を送りますって、とってもロマンチックな言葉ですね。やっぱり坊っちゃまは詩人だなあって思いました」

「ははは、そんなに感心されるほどのことはないよ。ほんとに幸福を送ったのだから」

「えっ、ほんとですか?」

なんだか泣きだしそうな顔になった。どうも様子が変だな——と、浅見は慌てた。

「ほんとって、須美ちゃん、消印を見たんだろ?」

「ええ見ましたよ。どこから送ってくださったのかなって思いましたから。でも、大正ってどこなんですか?」

「タイショウ?」

「ええ、あら、坊っちゃまは大正っていうところから送られたのでしょう? 消印は北海道大正ってなってましたよ」

「おかしいな……タイショウって、どういう字を書くの?」

「明治大正昭和の大正ですけど……違うんですか？」

せっかくのいい雰囲気が、妙に白けたものになって、須美子は戸惑っている。

「そんなはずは……僕は幸福郵便局から送ったんだよ。だから幸福を送るって書いたんだけどな」

「え、そういう意味だったんですか」

「うん、ちょっと洒落てるだろ？」

「そうでしょうか……」

須美子は唇を尖らせた。意に染まないことが生じたときの、これは彼女の癖だ。

「だけど、おかしいな。僕はたしかに幸福郵便局から出したのだが……」

「嘘だとお思いなら、いまお見せします」

須美子は自分の部屋から葉書を持って来た。なるほど、葉書には「北海道大正」という丸い消印が捺されている。浅見は狐につままれたような気分で、「うーん」と唸って、葉書を須美子に戻した。

考えてみると、幸福郵便局は簡易郵便局だった。普通郵便の集配はすべて本局が行い、本局の消印が捺されることになっているのかもしれない。浅見は試しに、平塚亭の道路を挟んだ向かい側にある西ケ原簡易郵便局に電話で問い合わせてみた。こういう疑問はすべて確認してみないと気がすまない、好奇心いっぱいの性格だ。

「おっしゃるとおりです」と郵便局は教えてくれた。ポストに投函された手紙類などは、すべて本局に集められ消印を捺されるのだそうだ。ただし、簡易郵便局でも、書留や小包など、窓口で直接受付けたものについては、その局の消印が捺される。また、とくにお客さんが希望して、その局の消印が欲しい場合には、消印を捺すこともあるということであった。それを知っていれば、幸福簡易郵便局の窓口に頼んで消印を捺してもらうのであった――。

　また一つ勉強にはなったが、せっかく茶目っ気たっぷりの粋な発想――と思った試みが見事に外れて、須美子とのこじれた関係は終日、修復しそうになかった。

　その夜、珍しくリビングルームに、陽一郎・光彦の兄弟と雪江が顔を揃えている時、テレビのニュース番組で、井の頭公園の二つの殺人事件について特別枠を組んで報じていた。およそ一ヵ月のあいだに、ほとんど同じ場所で発生した殺人事件が、いずれもいまだに解決のメドもついていないことに、周辺住民の恐怖はつのるばかりだという。

　ニュースの中で、井の頭公園の位置を示すのに、「吉祥寺から井の頭線で一つめ」と説明しているのを見ながら、浅見はふと、末次真也子の住所「世田谷区代田」が、井の頭線沿線であることに気がついた。念のために地図で調べると、まさに井の頭線の新代田駅にほど近いところだ。

　もっとも、同じ沿線にあるからといって、それでただちに結びつくものがあるはずもないのだが、ただ、こういう「偶然の一致」というやつは、妙に後を引いて気になるものである。

　第一の「バラバラ殺人事件」は相変わらず被害者に殺意を抱くような人物、もしくは背景といったものが、まったくないことで、警察の捜査は完全に行き詰まっているらしい。交通事故ではないか――という観測はあるものの、まだ断定はできないと言っている。

「いまに至って、まだそんなことを言ってるようじゃ、当分だめだな」

　浅見がテレビの画面に向かって、暗に兄に当てつけるように慨嘆するのを、雪江が眼鏡越しにジロリと見て、「光彦、警察批判はおやめなさい」

と窘(たしな)めた。

「いや、いいんですよ、お母さん」

陽一郎は寛大に笑って、「光彦の言うとおりなのです」と言った。

「あの事件の捜査は難航していて、このまま推移すると、迷宮入りするおそれがあるという説もありましてね。ことに、交通事故——つまり轢(ひ)き逃げ事件だとすると、かなり難しいことになりそうなのです」

「交通事故なら、現場にライトの破片だとか、そういったものが落ちていて、近頃では科学的な分析で事故車を突き止めることができるというじゃありませんか」

さすが警察庁刑事局長の母だけに、なかなか鋭い突っ込みをする。

「はあ、一般的にはそのとおりですが、吉祥寺のケースでは事件直後には交通事故死のセンは出ていなかったもので、実際に道路等を調べ始めたのは、死亡推定日時から数日を経過してからのことだったのです。その間には雨も降ったし、清掃車も通ったしで、事故現場の保存状況はきわめて悪いのでしょうね。ことに、あの付近は交通量の割には道路が狭く、死亡事故こそ少ないものの、小さな接触事故の多いところでして、細かい破片類はいたるところに散乱していますから、事故車の特定は絶望的と考えられます」

「第二の事件との関連はどうなのでしょうか?」

浅見は訊(き)いた。

「いや、私もそう詳しく知っているわけではないが、報告を聞いたかぎりでは、捜査本部としては特別な関係はないと判断しているようだよ。二つの事件が井の頭公園内で起きたのは、単なる偶然と考えていいのじゃないかな」

「そうですか……じゃあ、何も変わっていないんだ」

「ん？　どういう意味だい、それは？」

「はあ？　いや、べつに何でもありませんけどね」

　浅見は母親のほうにチラッと視線を投げかけて、言葉を濁した。陽一郎もそれと察したのか、あえてそれ以上は追及しない。その代わり、雪江がリビングを出て行くやいなや、「おい、さっきのは、あれは何なのだ？」と言った。

「じつは、第二の殺人事件の被害者・長谷幸雄という人物は、週刊『ＴＩＭＥ・１』の記者でしてね、間接的に知っているんですよ。それで、たまたまその事件の聞き込みに来ていた捜査員と知り合いました」

　浅見は三鷹署の谷奥部長刑事と接触した経緯を話した。

「その時に、僕は谷奥刑事にバラバラ事件についての僕の考えを披瀝（ひれき）したのです。僕の口から言うのも変だけど、かなり説得力のある推理で、谷奥刑事も賛成していたから、捜査本部に提言してくれるかと思ったんですけどねえ。やっぱり難しいのかなあ」

　同じ所轄署の中にあっても、二つの捜査本部のセクショナリズムが働いて、末端の刑事の意見など採用されにくい状況が現場にあることは、陽一郎のような立場の者には、なかなか伝わりにくいものだ。

「そのきみの推理なるものを、話してみてくれないか」

　刑事局長は憂鬱（ゆううつ）の翳（かげ）りを頬の辺りに浮かべながら、そう言った。

　浅見は谷奥部長刑事に披瀝した、犯人像についての仮説を語った。犯人を特定するプロフィールをいろいろ話す中で、「地位も名誉もある有名人

――」と言った時、浅見はふと、そのイメージを無意識のうちに竹内清堂とダブらせていることに気づいた。このあいだ、谷奥に話した時点ではなかった、北海道旅行での知識が作用したわけだ。

竹内清堂のことは、あくまでも長谷幸雄の事件との関わりで考えてきたのだが、そうか、バラバラ事件のほうの犯人像とも、条件がピタリ一致するではないか――。

いちどその考えに取りつかれると、浅見の頭の中には、まだ会ったことのない竹内清堂の占める部分が急速に膨れ上がって行った。しかし、竹内清堂の住所は横浜市である。現場である井の頭公園周辺の住人――という条件には、その点が当てはまらない。

「現場周辺に住む、著名人か……」

話を聞きおえて、陽一郎は勘よく「きみはその人物に心当たりがあるのじゃないのか」と訊いた。

「いや」と、浅見は用心深く首を振った。竹内清堂の住所が横浜だったことの疑問点を解消しないかぎり、たとえ兄であろうと、警察関係者には彼の名前は教えるわけにいかない――と思った。

「よし分かった」

陽一郎は立ち上がりながら言った。

「何か方法を考えて、きみの推理がそれとなく捜査本部に伝わるようにしてみるよ」

しかしどうかな――と浅見はその効果を疑った。いくら科学警察の優秀なスタッフが総掛かりしようと、実際に出掛けて行って、自分の目や耳で北海道――神田日勝記念館や然別温泉でのことを摑まないかぎり、竹内清堂の名前は出てこないだろう。

翌日から浅見は、竹内清堂へのコンタクトを模索した。まず、『旅と歴史』の藤田を口説いて、北海道取材の成果を「神田日勝の奇跡」といったタイトルの伝記風の紀行エッセイにすることを認めさせた。

「要するに、神田日勝の芸術は、北海道の大自然と開拓農民の血と汗の結晶そのものといっていいのですよ。神田日勝の人物と作品を通じて、観光地や旨(うま)いものだけでない、北海道の一面を語るという企画です」

口から出任せに説得したら、単純な藤田はすぐにコロリと騙(だま)された。もっとも、騙したとはいっても、神田日勝を通して北海道を語る――というアイデアはそれなりに評価できるものではあったから、浅見は仕事としてはきちんとやるつもりだ。

『旅と歴史』の名前で竹内清堂に電話でインタビューの申し入れをしたが、「そういうのはどうもねえ」と渋っている。しかし浅見が「神田日勝さんの芸術について、先生のお話をぜひお聞きしたいのです」と言うと、ガラリと態度が変わった。

「ほう、神田日勝の芸術かね。珍しいな、あなたは神田日勝を知っているのですか？」

「はあ、先日、北海道鹿追町の神田日勝記念館を訪ねて、半分の馬の絵を見て、感動しました」

「そうかそうか、いいでしょう、その話だったら、なんぼでもしますよ」

がぜん、快く受けてくれた。

2

竹内清堂のインタビューにはカメラマンを同行した。横浜市緑区の竹内家は広大な敷地に、無数の庭木に囲まれて建つ純日本風の外観の平屋であった。一見した印象では日本画家の住まいのようだが、母屋(おもや)の背後に渡り廊下で繋(つな)がるアトリエだけは、完全に機能重視の洋館だ。

一応、仕事らしく、アトリエの中で竹内清堂のポートレートを撮影してから、応接室で話を聞くことになった。カメラマンは撮影が終わると、次の予定があるからと、さっさと引き上げた。浅見はテーブルの上にテープレコーダーをセットした。

「神田日勝の名前を知っているだけでも珍しいが、それで私にインタビューというのも変わっていますな」

和洋折衷の広々とした応接室の窓の外は、初夏の風にさやさやと揺れる竹林である。大きなソファーに沈み込むように身を委ねて、清堂は少し揶揄するような口調でそう言った。六十代半ばといったところだろうか、見事な白髪の下に、いくぶん胆汁質な感じのする精悍な顔がある。眼が鷲のように鋭い光を湛えている。

ドアをノックして、女性が紅茶を運んできた。女性の歳は分かりにくいが、浅見よりだいぶ若いことは確かだ。大きな純白の襟のあるワンピース姿は、お手伝いという感じではない。

浅見は椅子から立って、軽く会釈した。女性は「いらっしゃいませ」ときちんと挨拶して、跪いて紅茶をテーブルに載せた。

「失礼ですが、お嬢さんですか?」

浅見は清堂に向けて訊いた。

「ははは、いや、わしら夫婦には娘はおらんですよ。このコは家内の妹の娘で、目下修業中の画家の卵といったところですな」

清堂に紹介されて、女性は「ケイナと申します」とお辞儀をした。「ケイナ」とはどういう字を書くのかと思いながら、浅見も名乗り返した。

「どうです、ええ娘でしょう」

部屋を出る女性の後ろ姿を見送ってから、清堂は目を細めて言った。

「あれで、絵のスジもなかなかのもんで、具象だが、ちょっと変わった才能を持っておるらしい。

そういう意味で、神田日勝を見たのは、ええ勉強になったはずですな」

「あ、それでは、あの姪ごさんも神田日勝記念館へご一緒されたのですか」

浅見はここでまず落胆した。然別湖畔のホテルに宿泊した唯一の女性客は竹内清堂の姪だったというわけだ。

「そうです、弟子どもと一緒に連れ歩きました。なかなか気配りのいい娘で、私の秘書にでもしときたいのだが、本人は自立心の強い性格で、そうそうこっちの勝手にはなってくれん。それだけ将来が楽しみということでしょうかなあ」

そう自慢めかして語る時の清堂は、ただの人の好い老人に見えるが、「さて、その神田日勝だが」と向き直ると、がぜん眼光の鋭い芸術家の顔になっていた。

「神田日勝の作品にはじめて出会ったのは、昭和四十五年秋の東京都美術館での独立展でしたが、じつは日勝はこの年の夏に亡くなっているのですよ。その時の出品作は『室内風景』というので、張紙だらけの小さな室内に、男が一人うずくまっている——という絵だった。その時の独立展の展示作品の総数はおよそ五百点ばかりで、創立会員、幹部会員といったエライさんがたの作品が一階会場、会友という名の二軍選手の作品が二階会場、一般応募からの入選作品が三階会場の壁に二段掛けに展示されているといった具合でしたな。こういう差別は、何も独立展ばかりでなく、二科、行動、一陽、新制作、自由美術といったいわゆる在野美術展のほとんどに共通している展示方法といっていいでしょう。私に言わせれば、芸術でも文学の世界でも、位階勲等などはすべておぞましいものだと思っています。芸術家の団体にあって、芸術家自身がお手盛りでそんなことを行っているなんていうのは、それだけですでに、芸術家として失格ではないでしょうかな。

　昭和四十五年という年は万博のあった年で、高度経済成長に合わせるように、日本の美術ブームが始まろうとしていた。室内装飾用の『キレイキレイ美術』の販売合戦が顕著になり始めていた。そんな中でひらかれた独立展の展示作品のほとんどが、やはり商業主義に毒されたものであったのはやむをえないが、三階の応募作品に将来の美術界を担(にな)うような新しい芽が見られることを期待した私は、完全に裏切られることになった。どれもこれも、先輩の顔色を窺(うかが)うような力感のない作品ばかりといってよかった。

　ところが、そういう作品群の前を足早に素通りしようとした壁面の端っこに、神田日勝の『室内風景』があったのですな。

　いや、じつに何とも異様でした。悩ましく、心臓を締めつけられるような苦しさをおぼえて、私はその場に釘付(くぎづ)けになりましたよ。あなたも見たと思うが、あの自閉症のような男の目に見つめられると、たまらなくやる瀬なく、自分までがあの小さな密閉された部屋に引き込まれそうな気がしたものです」

　竹内清堂は、青年のような昂(たかぶ)りを見せながら、熱っぽい口調で、テープが切れるまで長々と喋(しゃべ)り続けた。

　インタビューを完了して、浅見はテープレコーダーを片付けながら、さり気なく、「先生は四月の下旬、熱海のハーブ庭園にいらっしゃいませんでしたか?」と訊いた。

「ああ、ホテルニュータカオのお披露目会ね。いや庭園が目的で行ったわけではないが、ホテルのホールに私の絵を飾るというので、挨拶に行って、そのついでにちょこっと庭も拝見したが。そうですか、そしたらあなたも行かれたのですか？」

「はい、取材の仕事でちょっと……」

浅見は、緊張と期待感で顎の辺りがこわばるのを感じた。長谷幸雄がホテルニュータカオで会った、「どこかで見た」人物とは、竹内清堂である可能性がはっきりしてきた。だとすると——。

「そうでしたか、やはりあのときお見かけしたのは先生だったのですね。ホールに飾られたばかりのお作を拝見したので、もしやとは思ったのですが、どうもご挨拶もしないで、申し訳ありませんでした。ついでにお訊きしますが、吉祥寺のほうには、ときどきおいでになるのでしょうか？」

「吉祥寺？　というと中央線沿線のかね。いや、私はあまりあっちのほうには行ったことはないが。若者向きのトレンディな街だとかいう評判ですな」

浅見は注意深く竹内清堂の表情を窺っていたが、ほとんど何の変化も見せない。こっちのほうは外れなのだろうか。とぼけているのだとしたら、よほど強靭な神経の持ち主にちがいない。

「しかし、その吉祥寺がどうかしたのですかな？」

清堂は逆に、怪訝そうに訊いた。

「いえ、先日……といっても、ゴールデンウィークの終わり頃ですが、吉祥寺で先生をお見かけしたような気がしたものですから」

「ゴールデンウィーク？　ははは、ゴールデンウィークは私は日本にはおりませんでしたよ。四月の末から五月十一日まで、家内と二人で、ミラノの郊外でのんびり絵を描いとりました」

「あ、そうでしたか。それでは人違いですね。車を運転している方の横顔が、先生にそっくりだったのです」

「いやいや、私は車も運転せんです。ああいう機械物はどうも苦手でしてね」

　カマをかけた質問がすべて空振りに終わった。狙い定めた的がこんなに次から次へと、見事に外れることも珍しい。浅見はまるで、不毛の荒野にでも踏み迷ったような気分であった。

　帰る浅見を、清堂の姪というあの女性が玄関先まで送って出た。差し出された靴ベラを使いながら、浅見は「ご出身は岡山のほうですか？」と訊いた。つい最近、岡山県で起きた事件に関わったときに、耳に馴染んだ訛りを、彼女の短い言葉に聞き取っていた。竹内清堂にもそのなごりがあった。

「はい、岡山です」

　女性は答えた。美人だが、表情の乏しい、どこか寂しげな顔だちである。このおとなしそうな女性が、たぐい稀な画家としての才能を秘めているのか――と思うと、浅見は高価な宝石を目の前にしたような、畏れに近い緊張を感じる。好奇心と推理力のほかには何も実質的な特技を持たない、浮草のような自分と、ついひき較べてしまうのである。

　とどのつまりは収穫は何もなかった。竹内清堂は事件とは無関係と思わないわけにいかない。兄に彼の名前を告げなかったことがむしろよかった。

　帰路は国道２４６号の道順にある世田谷署に立ち寄った。玄関前の駐車場に車を置いて、ドアをロックしていると、背後から「浅見さん」と呼び止められた。若い須田刑事が人なつこい笑顔で玄関を出てきた。

「ちょうど出かけるところでしたが、今日はまた何なのですか？　法輪部長はいませんけど」

「あ、いや、法輪さんに会いに来たというわけでもないのです。もしよければ、須田さんにお話を聞ければありがたいのですが」

「話って何です？　ややこしいことにはお答えできませんよ」

須田は警戒するようなことを言いながら、「車の中で話しましょうか」と、ロックしたばかりのドアを指差した。署内ではあまり話したくない相手なのだろう。

梅雨入りを思わせる、むしむしした陽気だから、クーラーの効いた車の中のほうが快適だ。

「その後、捜査のほうはいかがですか？」

浅見は早速、訊いた。

「ははは、またそれですか。どうもみんな気が短いので困るんですよねえ。まあ、地道な捜査を進めておりますよ」

「というと、容疑者はまったく浮かんでいない状況ですね」

「まだまだ、そんな簡単なもんじゃないですよ」

「顔見知りの犯行と思われるということでしたが、交友関係からは、容疑の対象になるような人物は浮かんでいないのですか？」

「ひととおり個別に事情聴取を行ったが、目下のところ、殺害の動機を持つような人物は出ておりません」

「末次さんの元のご亭主はシロだったのでしょう？」

「いや、それも含めて捜査中です。ご亭主自身にはアリバイもあるが、委託殺人という可能性もありますからね」

「委託殺人……というと、殺しのプロの犯行のセンもあるということですか」

「そこまでは断定できないですが、とにかく指紋等、犯人の手掛かりに結びつくような遺留品をまったく残していないのです。毒物の入手先の問題もあるし、ただの素人でないことは確かです。かなり綿密に計画された犯行ではないかと考えられますね」

「その割に、ドアに隙間を残して引き上げたりしていますが」

「そうですなあ、あれにも何か意図があるのかもしれませんが……」

須田刑事はその点についてはは自信なさそうに、首を傾げた。

「このあいだお話しした不幸の手紙ですが、やはり見つかりませんでしたか?」

「ああ、あれはやっぱりなかったですね。浅見さんに言われたあと、法輪部長と自分とで、念のために手紙類を全部、調べ直してみたのですがね、それらしいものは見つかりませんでしたよ」

「その手紙類を見せてもらうわけにはいかないでしょうか」

「えっ、そりゃ無理じゃないですかねえ」

須田は呆れたように言った。

「あれは被害者の遺品ですからね。一応、遺族のほうにお返ししてあるが、捜査が完了するまでは、みだりに移動したり処分したりしないように指示してあります」

「というと、現在、その手紙類は末次さんのお宅にあるのですか?」

「そうですが……まさか浅見さん、そこへ行くんじゃないでしょうね」

「いえ、行くつもりです」

「そりゃだめだ、だめですよ、そういうことは。警察は許可しませんよ」

「警察が行くぶんには構わないでしょう」

「警察が行くって……それはどういう意味です?」

「須田さんが行くのです。僕はたまたまそこに同席したというわけです。何なら、中村さんと一緒にお悔やみに行ったところへ、須田さんが見えたというのでも構いませんが」

「冗談でしょう。自分はそんな芝居じみたことはできませんよ。だめですよ」

「もしどうしてもだめだとおっしゃるのなら、僕一人で行くことにします」

「そんな無茶な……しかし浅見さん、何の目的があってそんなことをするのです？」

「もちろん、不幸の手紙を送った人物を割り出すためですよ」

「しかし、そこにはもう不幸の手紙はなかったと言ったでしょう。何度も調べているのですからね、間違いありませんよ」

「不幸の手紙はない代わりに、手掛かりになるほかの手紙が必ずあるはずです」

「手掛かりになる手紙？」

「ええ、そうです。中村さんが不幸の手紙の送り主を見破ったのも、ずっと昔に、末次さんから来た手紙の筆跡が参考になったためです。その話を中村さんから聞いて、末次さんも同じことを試みて、送り主を突き止めたにちがいないのです。その参考になった手紙が、まだ残っているはずですよ」

「なるほど……」

須田はいったん納得して頷いたが、すぐに気がついて、「だめだめ」と手を振った。

「かりにその手紙があったとしても、肝心の不幸の手紙がないのだから、筆跡を較べようがないじゃないですか。だめです、はははは、危なく誤魔化(ごまか)されるところだった」

「だめかどうか、見てみなければ分からないでしょう」

浅見は粘りづよく言った。

「中村さんの話によると、末次さんはよく言えば素直、悪く言うと単純な性格で、あの不幸の手紙にしても、彼女は送られた手紙をそっくりそのまま真似てブルーブラックの万年筆で書いたと言っているのです。ですから、残っている手紙の中からそれらしいものを選んで調べれば、不幸の手紙の送り主がみつかると思います」

「うーん、なるほど……」

須田は唸り声を発し、今度は反論が出てこない。

浅見はサイドブレーキをはずし、「須田さん、シートベルトを」と言った。

「え？　シートベルト？　どうして？」

「交通違反で警察に捕まるのがいやなら、そうしたほうが賢明だと思いますが」

言うと、浅見はアクセルを踏んでソアラを発進させた。須田が「だめだよ、だめ、だめ」と騒ぐのを尻目に、表通りの車の流れに乗り入れた。須田はついに沈黙して、シートベルトをしめた。

「ヴィラ富士見」の４０４号室には末次真也子の兄が一人、妹の遺品の整理をしていた。両親は真也子を荼毘に付したあと、遺骨を抱いて広島の実家に引き上げて行ったそうである。

須田刑事は真也子の兄に、手紙類をもう一度調べたいと申し入れた。兄は無言で、奥の物入れから桐の箱を抱えてきた。中身はほとんどが私信で重要書類や公式文書などは別の場所に仕舞ってあるらしい。

須田はポケットにいつも入れて歩いている白手袋を嵌めて、勿体ぶった手つきで一つずつ、丁寧に手紙の宛名書を調べている。そうしてみると、いまさらのように、ボールペン書きの手紙が多いことに気がつく。その次に多いのが筆ペンで、サインペンのものもかなりある。インクのペン字もちらほらあるにはある。須田はそれを浅見の手の届かない、自分の右側に仕分けして置いた。

全部の手紙の点検が終わると、須田はさて——

といった感じで、インク文字ペン書きの手紙を子細に調べはじめた。浅見も須田の脇から作業を覗き込んだ。須田自身には何を根拠に不幸の手紙との類似性を見ればいいのか見当がつかないから、一つ一つ浅見の反応を確認しては、不要と思われる手紙を元の木箱に戻していった。

「あはは、これはいい。不幸の手紙ではなくて、幸福の手紙ですな」

　ふいに須田は笑いかけて、その不謹慎に気づいて、慌てて声をひそめた。奥の部屋では真也子の兄がひっそりと控えている。

　浅見は須田が掲げ持った絵はがきを見た。スズランの写真の絵はがきで、宛て名の下半分のスペースに、きれいなインク文字で「北海道に来ています。幸せの予感がします。あなたにも幸福のお裾分けをさせて下さい。」と書いてあった。そして、差出人は住所はなく、名前は「天野奎那」であった。

　瞬間、浅見の耳には「ケイナと申します」と言った、あの女性の声が甦った。「奎那」は「ケイナ」以外に読みようがない。

「ほら浅見さん、これは北海道の幸福ってところから出しているのですよ」

　須田に教わるまでもなく、浅見は「北海道幸福」の消印に気づいていた。天野奎那はちゃんと幸福簡易郵便局のスタンプを捺してもらったのだ。その消印の日付は「10・19」であった。まさに、長谷幸雄が北海道旅行をしている時期であり、竹内清堂の一行が然別湖畔に泊まった翌々日の日付である。

　おそらく、スケッチ旅行の然別湖で二泊して、帯広空港へ向かう途中、幸福駅見物に寄ったついでに、茶目っ気たっぷりにこの手紙を出したのだろう。しかし茶目っ気とはいえ、いかにも幸せいっぱい——の気持ちが溢(あふ)れ出るような葉書ではあった。何かよほどいいことがあったことを想わせる。

　浅見は身も心も氷のように固まってしまった。真っ白な頭の中に、竹内家で会った女性の物憂(ものう)げな白い顔が、何度も浮かび上がっては消えた。

　凝然となった浅見に「反応なし」と見て取って、須田は「幸福の手紙」を桐の箱にポイと放り込んだ。それから次々に手紙の点検が進み、結局、一枚の手紙も手の中には残らなかった。

3

　テープ起こしした竹内清堂の談話を、整理してワープロで打ち直して、浅見は取材の二日後に竹内家を訪ねた。

「ほう、もう出来ましたか、早いですな」

　清堂は喜んで、すぐに目を通しましょうと書斎に引っ込んだ。

　浅見の待つ応接室に、天野奎那がコーヒーを運んできてくれた。

「伯父がしばらくお相手をするようにと申しておりますので」

　向かい合う椅子(いす)に座って、シュガーポットをそっと滑らせて寄越した。

「奎那さんというのは、ずいぶん珍しいお名前ですね。たしか『奎』という字は人名漢字にはないはずですが」

　浅見は女性の白い手の動きを眺めながら、言った。

「ええ、そうなんです。ほんとうは平仮名で『けい那』と書くのですけど、名付け親の伯父がこの字を使えと申しまして。なんでも、『奎』は中国の星の名前なのだそうです。誕生日が七月六日、七夕様の前の夜だったものでそう名付けたとか……でも、よくご存じですね、伯父に聞かれたのですか？」

　天野奎那は不思議そうな目を浅見に向けた。漆黒の、憂いを湛えた眸に見つめられて、浅見は思わず視線を逸らした。

「あなたは末次真也子さんとは、どういうご関係ですか？」

　すべての邪念を払いのけるような、渾身の努力をもって、そう言った。自分では唇に微笑を浮かべているつもりだが、泣きべそをかいているような顔になっていはしまいかと、浅見はまるで自信がなかった。

「えっ……」

　奎那は吸い込む息で言った。

「末次真也子さんです、このあいだ自宅で殺された」

　浅見は平板な口調で言って、ゆっくりと視線を奎那の顔に戻した。奎那はその目をしばらく茫然と見返していたが、ふっと気づいて、床に視線を外した。

「それはあの、短大時代の友人ですけど……あの、浅見さんは真也子、末次さんとお知り合いですか？」

　反問して、その言葉の勢いを借りるように浅見を見た。

「いえ、僕は単に間接的に知っているだけです。そうですか、短大時代の……親しくされていたのでしょうか？」

「いいえ、それほど親しいというわけでもありませんでした。末次さんの下宿が私の家の近くだった程度です。それに、私は二年の途中で東京に出て美大に入り直しましたので、短大時代にはあまり親しい友人はいなかったのです。末次さんが東京に出て来られて、二、三度お会いしましたけど、彼女はすぐに結婚されてしまいましたし、私はヨーロッパのほうへ留学したりして、ずっとお付き合いはありませんでした。帰国して間もなく、人づてに彼女が離婚したことを聞きまして、慰めて上げようかと思ったりしたのですが、すっかり殻に閉じこもってしまって、誰とも会わないらしいということでしたので、それっきりお会いしていません」

天野奎那はほとんど間然するところなく、流暢に話した。まるで浅見の質問を予定してでもいたかのようであった。警察の事情聴取を受けて、心の準備も答えの用意もできているのかもしれない。

「警察が来ましたね？」

浅見はズバリと訊いたが、幸福から出した住所のない葉書で、警察が彼女の居場所を突き止めることが出来たかどうか、ちょっと心配ではあった。

「ええ、刑事さんが見えました」

奎那は頷いた。

「つい一昨日のことですけど、短大時代の友達から聞いたとか言って」

さすが警察だ――と、浅見は少し見直す気になった。

「刑事はどんなことを言ってましたか？」

「何か思い当たることはないかって訊かれましたけど、でも、そういうわけですから、何もありませんと答えるしかなかったんです。ほんとうにどうしてあんなことになったのかしら……お気の毒に……」

しおれた様子を見せてから、ふと顔を上げて

「あの、このことは伯父たちには内緒にしています。余計な心配をかけたくありませんので」と言った。

「去年、北海道の幸福から絵はがきを送っていますね」

「えっ、そんなこともご存じなんですか？……」

奎那は驚くと同時に、不審そうに浅見を見つめた。いったいこの男、何者？――という目だ。しかし、すぐにその詮索を諦めたらしい。

「ええ、そうなんです。刑事さんもそれで見えたみたいです。あの時は、末次さんにも幸福になってもらいたいって、そう思って、幸福郵便局から荷物を送るついでに、気に入った絵はがきに幸福の消印を捺してもらって送ったのですけど……でも、あの手紙もかえって彼女を傷つけたのじゃないかと思っています。それっきり、何の返事もくれませんでしたからね」

悲しげに目を伏せた奎那の横顔を見て、浅見はほっとするものがあった。この女性に、ほんのわずかでも疑いをかけたことの、罪の大きさを思わないわけにいかなかった。

竹内清堂が戻ってきた。

「だいぶ話が弾んでいたようじゃないか、珍しいな」

優しくからかうように姪を見て、「じつはね浅見さん、奎那はこのところ少し落ち込んでおって、あまり口もきいてくれんかったのですよ。どうも、彼氏とのあいだが、うまいこといってないらしい」と笑った。

「そんなの、いません」

奎那は動揺した表情を見せて、強い口調で言った。

「ははは、隠さんでもええじゃろ。でないと浅見さんもプロポーズせんともかぎらん。いや、浅見さんは独身でしたかな？」

「はあ、独身です」

「ほうらみろ。もっとも、浅見さんのほうがましだというのであれば、話はべつじゃけんどな」

「伯父さん、いいかげんにしてください」

　奎那は怒って、浅見に「失礼します」と頭を下げると、部屋を出て行った。

「ははは、ああは言ったが、本音を言えば、当分は結婚なんぞしてもらいたくはないのですけどね」

「しかし、それらしいお相手はいらっしゃるのでしょう?」

「ああ、おるのでしょうなあ。ときどき夜遅く電話しても、いないことがあるし」

「あ、奎那さんはこちらにお住まいではないのですか」

「いやいや違います。同じ横浜ではあるが、鶴見(つるみ)区のほうに独りで住んでおって、ここのアトリエまで通って来ます。家内がちょっと脚の具合が悪いもんで、身の回りの世話もしてもらって、わが家としては重宝しておるのだが、私生活まで干渉されるのはいやだとか言うてですな。どうも、女の子も二十歳ぐらいまではいいが、生意気になってくるもんです。そのうち、私の絵なんぞ、クソミソに貶(けな)しよるかもしれん」

　清堂は楽しそうに笑い、それから思い出したようにワープロ打ちの原稿を返して寄越した。

「これでよろしいですよ。大したことも喋(しゃべ)っておらんのに、なかなか上手にまとめるもんですなあ。いや、浅見さんは優秀なライターなのでしょうな」

「とんでもありません、先生の元のお話がすばらしいのです。神田日勝の芸術を、僕などは、ただ圧倒される想いで観(み)て来ただけですが、それをこのようにきちんと分析され整理されて教えていただいて、とてもいい勉強になりました」

「しかし、こんな解説を加えるまでもなく、あなたも神田日勝のすばらしさには文句なしに感動されたのでしょう」

「はい、感動しました。僕は素人ですから、『室内風景』の面白さは分かっても、芸術性についてうんぬん出来ませんが、半分の馬の絵にはショックを受けました。じつは、あの未完成の作品こそが、神田日勝という画家の最高傑作になったのじゃないか——などと思ったりしました」

「うーん……いや、あなたのその考えはたぶん正しいと思いますよ。未完成の絵を傑作だなどとは、専門家には言えない言葉ですが、私もひそかにそう思ってはおるのです。いやいや、あなたは大したもんだ」

　手放しで褒められて、浅見は照れた。

「奎那のやつも、学者みたいな、そんな面白くもない人間でなく、浅見さんのような自由人に惚れてくれるといいのだがなあ……」

　竹内清堂は好もしそうに目を細めた。

「とんでもない、僕などはいまだに独立も出来ずに、親の家に居候という、不甲斐ない身分ですよ」

「ははは、不甲斐ないのも若さの特権です。なんぼしっかりしておっても、歳の開きすぎるのはよろしくない……」

　ぼやきには実感が籠もっていた。ひょっとすると、奎那の相手は年齢のかなり上の男なのかもしれない。

　清堂は応接室のドアまで客を送って、アトリエに引っ込んだ。奎那の見送りはなく、浅見は奥へ向かって「お邪魔しました」と声をかけて、玄関を出た。

　来客用の駐車スペースとは別に、植え込みのあいだの引っ込んだところにベンツのC200タイプが向こう向きに駐めてある。グリーン系統のシックなボディカラーだ。竹内清堂は車を運転しないというのだから天野奎那の車なのだろう。何の気なしに近づいて眺めていると、背後に足音がして、「失礼しました、気がつかなかったもので」と、奎那が声をかけた。サンダルをつっかけて、見送りに出てくれたらしい。

「あ、いえ、こちらこそ挨拶もしないで……いい車ですね、あなたのですか?」

浅見はベンツを指差して言った。

「私のっていうか、伯父が買ったものですけど、乗り手は私で、いわばアッシー君のようなものです。ヨーロッパでベンツに乗っていたので、これにしました」

「ベンツはいいでしょう、丈夫で。ぶつかっても安心です」

「事故は起こしません」

きつい口調だったので、浅見は思わず振り向いた。非難するような目がこっちを睨(にら)んでいた。

「いや、僕はそういうつもりで言ったわけでなく、ただベンツは頑丈だから安心だという意味で……」

「あ、すみません、変なこと言って……」

奎那は気の毒なほどうろたえて、ペコリとお辞儀をすると、「失礼します」と言い残して、玄関に入ってしまった。

(いまのあれは、何だったんだ?――)

浅見は消えた奎那の後ろ姿を、しばらくのあいだ、ぼんやりと見送っていた。

自分の車にもぐり込んで、浅見は(おれのソアラだって、いい車だ――)と、妙に張り合うようなことを考えた。

車を発進させて、竹内家の敷地を出たところで、ふと「アッシー君」と言った奎那の言葉を思い出した。

（そうか、長谷は彼女を見たのかもしれない――）

愕然として、ブレーキを踏んだ。

熱海のホテルニュータカオで、長谷が「そうか、あそこで見たんだ」と思い出した相手は、何も竹内清堂のような著名人であったとは限らない。神田日勝記念館周辺で出会った人物の中に、清堂の運転手役を務めた天野奎那もいた可能性がある。

（しかし、だからといって、それがどうだというのだ――）

浅見は車をノロノロ走らせた。思考がまとまらないまま、国道246号に入り、車の流れに乗ってスピードを上げた。頭の中にモヤモヤと浮かぶアイデアは、風に飛ばされる雲のように、切れ切れになってしまう。

フロントガラスの左右に流れ過ぎる風景の合間合間にも、何かしら、着想の断片のようなものがチラつくのだが、形を成すひまもなく、次の風景に心を奪われる。

瀬田の立体交差を抜けた時、浅見は脳髄を貫く稲妻のような光を感じた。

（そうだ、彼女は幸福郵便局から末次真也子に絵はがきを送った理由を語るとき、「末次さんにも幸福になってもらいたい」と言ったのだ――）

その「にも」という言葉に、不用意にこぼれ落ちた奎那の意思を感じた。

それをきっかけに、真也子の部屋で見た絵はがきの文面が思い浮かんだ。

〔北海道に来ています。幸せの予感がします。あなたにも幸福のお裾分けを――〕

北海道旅行で、天野奎那は「幸せの予感」を見つけたのだ。落ち込んでいるであろう真也子に、「幸福のお裾分け」を送りたくなるほどの浮き立つ想いだったのだ。

——学者みたいな面白くもない……

——歳の開きすぎ……

竹内清堂のぼやきも耳に残っている。

去年の十月十七日、然別湖畔のホテルに泊まった「著名人」は竹内清堂ともう一人、J大の教授がいた。

しかし、浅見の記憶からは教授の名前が消えていた。あの時点では、関心は竹内清堂一本に絞られていたのだから当然のことではあった。「？原」という漠然としたイメージはあるのだが、「清原」だったか「吉原」だったか……。

浅見は電話ボックスの前で車を停め、J大の事務局に電話してみた。お届け物を頼まれているのですが、何原先生だか失念して困っています。ついては「原」のつく先生のお名前を教えていただきたい——と頼んだ。係の職員は教授の名前を言った。そしてその幾人めかに「……溝原武雄先生」と言った。

浅見は「あっ」と叫んだ。

「そうですそうです、溝原先生です。ありがとうございました。ところで、溝原先生は学部はどちらでしたっけ？」

「あんた、知らないんですか？」

相手は呆れたように言った。「法医学の溝原先生を……」

「あっ……」

浅見はまた叫び声を洩らした。そういえばどこかで見たような名前だ——という気がしないでもなかった。確か『進化する法医学』という著書が兄の書斎の本棚にあったはずだ。大学職員の軽蔑しきったような口調からすると、おそらく法医学の権威といえる存在なのだろう。

「法医学か……」

浅見の脳裏には、黙々と俯いて、死人の掌紋をナイフで削り取る、冷徹な白衣の男が浮かんだ。

4

夜遅く帰宅した陽一郎とリビングルームで顔を合わせて、浅見は訊いてみた。

「兄さんは法医学の溝原武雄という人を知ってますか」

「溝原先生？　知っているどころか、私の恩師だよ」

「えっ、ほんとですか……」

「ああ、いまはJ大の教授をしておられるが、私の頃は東大で助教授をされていた。現在の日本の法医学理論を構築されたのは、ほとんど溝原先生の功績によるものといって過言ではないだろうな。もう古希を越えられたはずだが……おい、溝原先生がどうかなさったのか？」

「いや、たまたまそういう名前を知ったもんですからね」

「なんだ、そうか。いきなり溝原先生のお名前を出されたら、何かあったかと思うじゃないか。脅かすなよ」

冗談でなく、陽一郎は胸を撫で下ろしたような笑顔になった。兄にとって、そこまで思い入れのある人物となると、なんだか機先を制されたようでやりにくいが、しかし捜査に私情は禁物だ——と、浅見は安手なテレビドラマの敏腕刑事みたいなことを思った。

それにしても古希——七十歳を過ぎた年代ときては、いくら愛があれば歳の差なんて——とはいえ、天野奎那の相手という感じはしない。

「どういう人物ですか？」

「どういうとは、どういう意味だい？」

「つまり、性格だとか、学問の世界を離れた私生活においては——という意味です。奥さんとか、お子さんとか」

「性格は剛直、曲がったことは大嫌いな方だな。趣味や道楽にはまったく無縁で、ゴルフもやらず、車も持たない主義だった。奥さんは二十年近く前に亡くされたよ。いい奥さんだったが……お子さんもなくて、そのせいか、われわれ学生を息子のように面倒見てくださった。自腹を切って旅行に連れて行ってくださったり、ご自宅に呼んでご馳走してくださったり……いまはああいう先生は少ないだろうなあ」

懐かしそうに、感慨に耽っている。

「自宅はどこなんですか？」

「三鷹だよ」

「三鷹……」

心臓にズキリと突き刺さるような衝撃を感じた。

「ああ、江戸時代は庄屋だったお宅で、あの辺の土地は大方、溝原家のものだったそうだ。ほとんどあの先生の時代に切り売りしてしまって、現在は大したことはなくなっただろうけれど、それでも広大なものだよ。ケヤキやシイの大木が空いっぱいに枝を広げている庭を散策しながら、いろいろな話をしてくださった。学問の話ばかりでなく、人生について、芸術について……」

陽一郎の話も上の空で、浅見は「三鷹」という言葉から脱出できなくなっていた。三鷹は井の頭公園のあるところだ。

「おい、光彦、聞いているのか？」

不満そうな兄の声に、浅見はわれに返った。

「えっ、聞いてますよ。そうですか、いい先生だったんですねえ」

「ああ、いい先生だった。学者としてだけでなく、指導者として卓抜しておられる。溝原先生の薫陶を受けた者は、ほとんど全員が第一線で活躍しているよ。私のような現場の人間もいるし、あちこちの大学で教鞭を取っている者も多い。警察幹部であの先生の謦咳に接しなかった人間は、ごく少ないのじゃないだろうか」

こんな話を聞いては、ちょっと手を出しにくい心境になってくる。ひょっとすると、井の頭公園のバラバラ事件がなかなか解決しない背景には、そういう事情があるのかもしれない。盲点というより、アンタッチャブルなタブーの世界なのだ。

（どうしようか——）

さすがの浅見も逡巡せざるをえなかった。溝原武雄といい、竹内清堂・天野奎那といい、悪とはおよそ縁のなさそうな人々ばかりである。そういう人たちを疑惑の対象にするのは、いかにも辛い。やり切れない。何か自分がたいへんな過ちを犯しつつあるような気がしてくる。

（やめようか——）と思った。この辺で手を引いて、この一連の事件とはおさらばするべきかもしれない。こっちはべつに警察でもなければ、プロの探偵稼業でもないのだ。誰に頼まれたわけでもないし、殺人者相手の危険な作業にエネルギーを費やしても、一文のトクになるわけでもない。おまけにターゲットがこともあろうに、兄の恩師ときては、いいかげん二の足を踏みたくもなる。

そもそも事件捜査は警察の仕事なのだ。そのための警察ではないか。その世界にヒョコヒョコ首を突っ込むほうが間違っている。おふくろさんが日頃から言っていることは正しいのだ。兄の領分を侵害してはならないのだし、兄の出世の足を引っ張るような真似をするのは、なおいけない。

気分がどんどん退嬰的になってゆくのを、浅見はどうにも止めようがなかった。

翌日、中村典子から電話があった。長谷幸雄の死から一ヵ月になるので、週刊『TIME・1』

で故人を偲ぶ会を催すという。

「私もよばれたんですけど、浅見さんもいらっしゃらないか、お聞きするように頼まれたものですから」

「ああ、あれからもうそんなになるのですか……もちろん伺います、行きますよ」

　時のうつろいの速さを想う感慨と同時に、これで幕引きができる――という、狡い気持ちが頭を擡げた。あとは警察に任せればいい。少し遅くなるだろうけれど、事件はいずれ解決するにちがいない。そう信じて目をつぶることにしよう――。

「偲ぶ会」の日は本格的な梅雨らしく、朝からシヨボシヨボと、涙のような雨が小やみなく降っていた。夕暮れ近く、泰明出版の駐車場に車を置いて、神田川沿いの街角にある焼鳥屋の二階に上がった。校了日の前後になると、長谷はときどきここを第二編集室と称して入り浸っていたそうだ。

　編集長以下十人の『TIME・1』編集部員と社外スタッフ、カメラマンなど、長谷とゆかりのある人々が二十人あまり集まった。まったくの部外者は中村典子と浅見だけだ。何となく場違いな感じで隅のほうにいる浅見を、デスクの田部井が紹介した。

「僕は寡聞にして知らなかったのだが、浅見さんはルポライターの傍ら、私立探偵としても有名な人だそうです。長谷君の事件を解明するために警察に協力してくださっているということで、ぜひとも、われわれに成り代わって長谷君の無念を晴らしてくださるよう、あらためてお願いしようと、ご多忙中をおいでいただいたような次第です」

　私立探偵ということは隣に座った典子も初耳だったらしく、少しよそよそしい目を浅見に向けて、

「そう、だったのですか?」と囁いた。

「そんな大それたものじゃありませんよ」

浅見は俯いて、小さく手を横に振ってみせた。

田部井は次いで典子の紹介に移った。

「それから、こちらの中村典子さんですが、じつは警察は当初、彼女を長谷君殺害の重要参考人として事情聴取などしていたようでありまして、大変な迷惑をおかけしたわけですが、それというのも、あの独身主義の長谷君が、唯一、真剣に結婚を考えて交際を申し込んだ、それもかなり執拗に迫った相手だったという事実があったからです」

心の準備の出来ていないすっぱ抜きに、典子は「えーっ」と非難する目を、今度は田部井に向けた。

「いや、中村さんは信じられないし、ひょっとすると迷惑なのかもしれない。僕だって正直言って、また長谷君の悪い癖が始まったぐらいにしか思わなかったのですからね。しかし、ここに証人がいます」

田部井は階段の下を覗き込んで、「おばさーん」と呼んだ。「はいよ」と威勢のいい声と足音と共に、六十の坂は越えていそうなおばさんが上がってきた。

「ほら、おばさん、言ってやってくれよ」

田部井に急かされて、おばさんは大勢の前で照れながら、典子に顎を突き出すようにして、「あんた、中村典子さんでしょ？　ほんとですよ、長谷さん、あんたに惚れてらしたわよ」と言った。

「四月の頭ごろだったかしらねえ、しみじみと『おれ、結婚したい女がいる』ってね。相手は誰なのさって訊いたら、おばさんの知らない女だって。当たり前じゃないのねえ、あたしの知ってる女なんて、ろくなのいやしないわよ。そしたら、『中村典子っていうんだ』ってね、はっきり名前まで言って、大した美人じゃないし、おっかねえ女で、まだ付き合ったこともないんだけど、何ていうのか、こうピンとくるものがあって、この女しか嫁にする女はいねえって確信したとか、そんなようなこと言ってましたよ。今度連れてくるから会って、おれの代わりに話してみてくれって。だから言ってやったんですよ、あたしが話したってしょうがないでしょ、結婚するのはあんたなんだからさってね。長谷さんともあろう人が、カラキシだらしがなくて、『おれにはどうしてもうまいことが言えねえ』なんて言ってたわよ。面と向かって何か言うたびに、だんだん嫌われちゃいそうなんだって。ほんとにそうだったんですか？　あの人、悪ぶってるけど、根は優しいいい男だったのにねえ。可哀相に。可哀相に……」

　最後の「可哀相に」と言ったとたん、ふいに涙がこぼれてきて、慌てて手の甲でゴシゴシ拭って、

「そういうことですよ、それじゃあたしは忙しいから」と、階段の下に逃げて行った。

　典子は白い顔をして、茫然と天井の一点を見つめていた。反論を挟む余地のない、おばさんの一方的なお喋りであった。

　誰もが典子の顔を見るにしのびなく、あらぬ方角に目を逸らして、焼き鳥の香ばしい匂いと一緒に妙な静寂が漂っていた。

　その中で、浅見はパンパンと、ゆっくり手を叩いた。田部井がまずそれに和して手を叩いた。高根沢がつづき、やがて全員の拍手が起こった。長谷幸雄の最初にして最後の純愛を讃えるかのように、古びた焼鳥屋の壁に盛大な拍手がこだました。

　典子は膝の上で両の拳を握りしめ、顔を伏せて哭いている。長谷の死を悼むのでもなく、失った愛を惜しむのでもなく、たぶん典子自身にも何のために流す涙なのか分からないまま、とめどなく泣けてくるのだろう。

　目的だの意味だのとは無関係に、人間は時には、

心の命じるまま、不条理な行動に走るものだ。

　浅見は恥ずかしかった。自分らしくもなく、他人の思惑だとか、損得勘定だとか、世間のしがらみに負けて、すぐそこに見えてきそうな真実から目を逸らせようとしている自分が情けなかった。

　焼き鳥が運ばれ、ビールが運ばれ、飲むつもりで来たわけではなかった浅見も、久しぶりにマイペース以上の飲み方をした。あまりいけるクチではないから、じきにリミットを越えた。柱に凭れ、陶然としてその場の情景を眺めた。声高に喋る男たちの話題は、すでに長谷の思い出から離れ、猥雑な雰囲気になっている。それもまたいいではないか――と浅見は思った。

　典子が傍にきて「大丈夫ですか?」と声をかけた。

「ああ、ありがとう。それより、あなたこそショックだったでしょう」

「さっきのあれですか?　恥ずかしいな。自分では、何か気のきいたジョークで返すつもりだったのに、あのおばさんに圧倒されたっていうのかしら。みっともないところをお見せしちゃいました」

「いや、よかったですよ。長谷さんのこともよかったし、あなたのああいうのも、よかった」

「そう言ってくれると救われますけど」

　典子は軽く頭を下げて、「浅見さん、事件はあれからどうなっているのですか?」と訊いた。

「テレビも新聞も、ぱったり何も言わなくなったでしょう。警察も何も言ってこないし、これっきりになってしまうのじゃないかって、心配ですけど」

「間もなく解決しますよ」

　浅見は表情を変えずに言ったから、典子は何か聞き間違えたかと思ったらしい。「えっ?」と浅見の顔を見つめた。

　ビール瓶を下げて田部井がやってきて、浅見にグラスの中身を空けるように言った。

「いや、僕は車ですから、ストップしているのです」

「大丈夫でしょう、ビールくらい。水みたいなもんです」

「ははは、だめですよ。探偵が警察にパクられては、恰好がつかないでしょう」

「なるほど、それもそうだな。じゃあウーロン茶にしておきますか」

　田部井は無理強いせずに、新しいグラスにウーロン茶を注いでくれた。

「浅見さんが探偵さんだってことは、女房に聞いたんですよ。内山なんとかっていう人の書いた……」

「内田さんです、内田康夫」

　浅見はあまり知られていない推理作家のために、訂正してやった。

「ああそう、その内田っていう人の推理小説で、浅見さんの事件簿が紹介されているのだそうですね。女性に人気があるとか言ってましたよ」

「嘘ですよ、そんなことは……」

　浅見はアルコールのせいでなく、赤くなった。あることないこと、それも針小棒大に書くのだから、あのひとにも困ったものだ。

　際限のない飲み会になりそうなので、浅見と典子はひと足先に失礼することにした。

「お送りしますよ」

　焼鳥屋を出たところで、浅見は言った。

「ありがとうございます。でも、その辺でタクシーを拾いますから」

「いや、この時間はつかまえにくいですよ。送ります。べつに下心はありません」

「あはは、下心だなんて……でも、ほんとにいいんです。ぜんぜん方角違いだし」

「目黒の洗足でしたっけね。だけど行きますよ。少しドライブをしたい気分なのです。付き合ってください」

　女性を独りで帰すわけにはいかない——と思うのと、浅見自身、このまま帰りたくない気分であった。少し酔いが残っているのかもしれない。

「何だか申し訳ない気がします」

　車が走りだすと、典子はしみじみした口調で言った。

「いや、気にしなくていいんですよ」

「え？　あ、そうじゃなくて、申し訳ないっていうのは、長谷さんに対してです。あのひと、何度も誘ってくれたのに、一度も車に乗らなかったんです。さっきのおばさんの話を聞いていて、ああ、一度くらい乗せてもらえばよかったな——って思いました」

「そうですか……そうですね、そうしていれば、あなたの人生、それに長谷さんの人生も変わっていたのかもしれない」

「いやだなあ、そんなふうに言わないでください。責任を感じちゃいます」

　典子は言って、しばらく黙ってから、「でもほんと、それで人生が変わるのかもしれませんよね」と、意味ありげな目で浅見の横顔を見つめた。

　浅見は前方を見据え、その視線に気づかないふりを装（よそお）っていたが、「人生が変わる」という言葉に引っ掛かるものを感じていた。

　そうだ、車に乗ったというだけのことで、人生が一変してしまうこともあるのだ——と思った。

第六章　法医学教授

1

「三鷹」の地名の由来は、江戸期にここが、世田谷、野方（のがた）、府中の三領に分属していた御鷹場（おたかば）だったことによるといわれる。井の頭公園をそのまま拡大させて、雑木林の広がる武蔵野の風景を思い描けば、その当時の面影に近いものがあるのかもしれない。

　溝原武雄の屋敷は、この辺りでも残り少なくなったケヤキの大木を幾本も抱えた広大な庭に、昭和初期かひょっとすると大正時代に建てられたような、古びた洋館であった。広い庭だが手入れはほとんどしていないのか、建物のごく近くをべつにすると、さながら八重葎（やえむぐら）のように藪（やぶ）が繁茂している。

　客があるのか、庭先に車が三台駐（と）まっていた。風通しのためか、玄関のドアは開け放たれて、数人分の靴が並び、奥のほうから談笑する声が流れてきた。

　見回したところ、インターホンらしき物はないらしい。浅見は大きな声で「ごめんください」と言った。「はーい」と男の声が応（こた）え、まだ学生っぽいスポーツシャツの青年が現れた。

「インタビューのお願いをしてある者です」と告げると、「ちょっとお待ちください」と引っ込んで、代わって中年の長身の男が出てきて、「どうぞ」と案内してくれた。

　どこもかしこも古色蒼然（こしょくそうぜん）とした家である。廊下も根太（ねだ）が緩んでいるのだろう、歩くたびにいたるところでギシギシと鳴った。男は大股で歩き、賑やかな話し声のする部屋の前を通り過ぎ、奥まった部屋のドアをノックして開け、「お見えです」と告げた。

中から「おう」と応え、男は「どうぞ」とドアの脇に身をよけた。

かなり広い部屋だが、書斎か書庫か見分けがつかないほど山積みの書籍であった。その中に埋もれるように、老人がこちら向きに古い回転椅子に身を委ねている。前頭部が異様なほど発達して、いったんくびれてからつづく後頭部も立派なものだ。見るからに、考えるために生まれてきた人種にちがいないと思わせる風貌である。

木製の丸テーブルの手前にひじ掛け椅子がある。老人はそこに座るように手で指し示して、「溝原です」とわずかに頭を下げ、名乗った。

浅見も名刺を出して名乗ったが、溝原には大きな文字しか見えないらしく、肩書のない名刺をためつすがめつして、「どちらの出版社でしたかな?」と訊いた。

「仕事は『旅と歴史』の依頼ですが、僕自身はフリーです」

「ほう、フリーですか。ところで、気軽に取材を受けたはいいが、『旅と歴史』に何を喋ればいいのですかな……」

溝原はデスクの上の眼鏡を取って、住所の文字を読んだ。

「北区西ケ原というと……浅見陽一郎君と何か関係があるのですか?」

浅見はドキリとした。そこまで記憶されているとは予想していなかった。

「はあ、陽一郎は僕の兄です」

「ほう、そうでしたか、あなたが自慢の弟さんでしたか……」

溝原は眼鏡をはずして、あらためて客の顔を眺めた。「自慢の……」と言われて、浅見は顔が赤らんだ。兄がそういう言い方で自分のことを伝えていたことに、嬉しさよりも戸惑いのほうを強く感じた。

「浅見君は私の教え子の中でも出色の存在だったが、そうですか、あなたが彼の弟さんですか。さぞかし優秀な方なのでしょうな」

「とんでもありません、ひどい落ちこぼれです」

「なんのなんの、その眼を見れば分かります。人の心の奥底までを見通す眼をしている。しかし、その眼でまともに女性を見つめてはなりませんぞ。誰もが畏（おそ）れて、遠ざかってしまうでしょうからな」

「………」

「人はそれぞれ、覗（のぞ）かれたくない何かを心に秘めているものです。生まれたばかりの赤ん坊にはそれがない。あるのは好奇心と知識欲ばかり。だからまっすぐに人の目を覗き、覗かれても平気です。どうも、あなたの眼は赤ん坊のそれに近いようですな」

浅見は思わず視線を外したが、その視線をどこへ向けていいのか、当惑した。老教授はおかしそうに、入れ歯の緩んだような声で笑った。

そんなはずはないのだが、まるでこっちの来意を見透かしたような、溝原の話しぶりであった。浅見は初っぱなから、かなり戦意を喪失した。対等に太刀打ちできる相手ではないかもしれないと思った。

案内をしてくれた長身の男がお茶を運んできてくれた。色の白い華奢（きゃしゃ）な手で、丸い小テーブルの上に溝原専用の大振りの茶碗（ちゃわん）と、客用の茶碗を置いた。

「紹介しましょうかな。彼はQ大の助教授をしている深井尚司君。こちらは浅見さん、警察庁の浅見君の弟さんだよ」

そう言ってから、「そうか、深井と浅見では、対照的ですな」と笑った。

深井と浅見は名刺を交換した。深井はQ大の職員用住宅に住んでいて、まだ独身だそうだ。

「こんな、給仕みたいなことまでして、私の身の回りの面倒を見てくれているが、じつは深井君は浅見陽一郎君以来の俊秀でしてな、間もなく教授に昇格するでしょう」

溝原にベタ褒めに褒められ、深井は「ははは、先生の前ではまだ未熟者です」と笑っていなして、部屋を出て行った。

「さて、何をお話しすればよろしいのでしたかな」

溝原は居住まいを正して、言った。

浅見は通り一遍の質問を十ほど用意してきていた。法医学理論を体系づけた苦労話だとか、現代医学の進歩と科学捜査技術との橋渡し役としての法医学——といった、一般庶民にも理解できる法医学の側面を話してもらうつもりであった。

素人じみた設問に対しても、溝原は不愉快な顔はしなかった。「医学は正（プラス）の学問であり、法医学は負（マイナス）の学問である」ということを言った。「医学はいかに生かすかを研究するが、法医学はいかに死んだかを研究する」などと、ジョークとも取れるようなことを、真顔で話した。

だが、浅見の質問の数が増えるにしたがって、溝原の表情に憂鬱の色が濃くなっていった。何か気にそまないことが胸の内に少しずつ沈澱してゆく気配が感じ取れた。

「やめましょうや、浅見さん」と、ふいに溝原は言った。

「は?……」と、浅見はメモを取る手を停めて、溝原を見た。

「浅見さん、あなたの目的は何かな?」

「?……」

「いや、隠すことはない。あなたほどの人がそんな陳腐な質問をするために、わざわざ来たわけでないことぐらい、私にも分かりますよ。インタビューも仕事になるのかもしれないが、それはほとんど口実であって、本当の目的は別のところにあるのでしょう。それならばそう言われるがいい。妙な斟酌や演出は時間の無駄ですぞ」

「申し訳ありません」

浅見は心底から詫びを言った。この恐るべき洞察力を前にしては、たしかに、賢しらな小細工は意味のないことだ。

メモを閉じ、テープを停めて、浅見は「それでは率直に伺います」と言った。

「今日お邪魔した本当の用件は、井の頭公園のバラバラ殺人事件についてお訊きすることなのです」

「ほう……」

溝原の鋭い眼光が、一瞬、浅見の眼を捉えて、スッと脇へ転じた。

「先生はあの事件をどう思われますか?」

「ははは、私にどうと訊かれるより、まずあなたがどう考えているのか、話されるがよかろう」

「ではお話ししますが、事件の概要についてはすでにご存じと思いますので、あの事件について僕なりに組み立てたストーリーをお聞きいただけますか」

「うかがいましょう」

溝原は椅子をギシギシと鳴らして、深々と座り直した。

「登場人物は二人、かりに男A女Bとします。四月二十一日の夜、二人は女Bの運転する車で吉祥寺駅近くの道を走っていました。スピードは控えめの安全運転でしたが、二人ともわずかにアルコールが入っていました。油断があったとは思いません。不運だったと考えるべきなのでしょう。突然、歩道から男が飛び出しました。あっと思う間もなく、車は男に接触し、男は道路に転倒しました。男Aはすぐに車を下りて男に駆け寄りました。それほどの衝撃ではなかったので、掠り傷か打撲程度を予測していたでしょう。ところが男の心臓は停止していたのです。後に外傷性ショック死と判定される思いがけない災難でした。いや、災難は死んだ男の側よりも、むしろ二人の男女について同情すべきものがあります。客観的な状況としては、明らかに車道に飛び出した男の側に非があったと想像されるのです。しかし、女Bはいわゆる酒気帯び状態での運転でありました。酒気帯び、前方不注意による過失傷害致死――と判定されても反論しにくい状況であったのです。

　幸か不幸か、周囲を見回すと目撃者は誰もいません。車のボディに衝突による損傷も生じていないことが見て取れました。男Aは急いで被害者の男を後部ドアから車内に運び込み、女Bに車を発進するよう命じました。もし誰かに見咎められたら、その時は病院に運ぶところだとでも言い訳するつもりでした。しかし、ついに目撃者はなかったのです。

　男Aと女Bと被害者を乗せた車は、現場からほど近い男Aの屋敷に乗り入れました。十二時近い深夜です。暗い庭先で、二人は協力して被害者の死体を車から下ろし、屋敷の中に引きずり込みました。女Bは恐怖と自責の念とで失神寸前だったかもしれませんが、男Aは神のごとく冷徹に振る舞いました。なぜなら、男Aにとって、死体を扱う作業は日常茶飯事だったからです。

女Bは警察に届けることを主張したかもしれません。過失傷害致死よりも、その上に轢き逃げ、死体遺棄等が重なることのほうが、はるかに重罪であるのは常識でも分かることでした。だが、男Aとしてはそうすることの出来ない事情があったのです。地位も名誉もある男Aには、同乗者女Bに酒気帯び運転をさせ、結果として傷害致死事件を起こさせたことが明るみに出るのは、死ぬよりつらかったのでしょう。

男Aは女Bに心配することはないと言い、死体の処理にかかりました。そうする決意を固めたのには、男Aに絶対の自信があったにちがいありません。死体を細かく切って生ゴミとして捨てれば、事件そのものが単なる失踪事件として片付けられるだろう。運悪く死体の断片が発見されても、身元の割り出しに至らなければ事件捜査は行き詰まるはずだと考えたのです。

男Aは死体の指紋と掌紋をナイフか包丁で削ぎ取り、出来るだけ細かく死体を刻みました。大腿骨など長い部分はノコギリで十センチ程度に切断しました。細かくしたのには二つの理由があったと思われます。一つは生ゴミとして処分されやすいこと。もう一つはゴミ箱の投入口が小さい物しか入らない形態であることを知っていたからです。そのゴミ箱とは、井の頭公園内に点在するもので、男Aは毎朝の散歩などでその形態もおおよその設置場所も知っていました。

もっとも厄介なのは頭蓋骨と膨大な内臓部分ですが、頭蓋骨も原型が分からないほど分解し細かく切断することにしました。歯型の照合を防ぐために、歯は顎の骨とともにバラバラにして川や池などに捨てればいいし、また内臓は広い敷地内に埋めれば、やがて土に帰ります。

この過程で二つの疑問が残ります。一つはどうせ死体遺棄するのであれば、最初から単純に轢き逃げをしたほうがよかったのではないか――という点です。しかし、この方法は危険でした。被害者の体には接触した際に、バンパーやヘッドライト等、車体の部分が圧印されています。そこから車種や年式等が割り出される可能性があることを男Aは知っていたのです。この点も死体を細かくバラバラにした理由の一つと思われます。また、現場に死体を残せば、事故発生時刻が特定され易く、アリバイを用意するためには、きわめて困難な状況になると判断したのです。

もう一つの疑問は、同じ生ゴミとして捨てるにしても、もっと現場から離れた場所に運べばよかったではないか――です。この点については正直なところ、はっきりした理由は分かりません。犯人の心理状態が問題なのではないかと思います。たとえば女Bがそれを拒否したのかもしれません。バラバラ死体を運び捨てるような行為が、ふつうの感覚の持ち主にできるはずがありません。かといって男Aは車の運転ができない。それに、何よりも恐れたのは、運搬の途中、事故を起こすか、あるいは事故の巻き添えなどで警察官の検分を受けるような事態にならない保証がないということだったかもしれません。

犯人にとっての第一の誤算は、これほど細心の努力を払って死体を細かくしたにもかかわらず、いとも簡単に死体遺棄事件が発覚したことです。井の頭公園内のゴミについては、特定の職員が特定の規定に従って収集しています。とくに、燃えるゴミと燃えないゴミとの分別は模範的に厳密なものであったのです。ゴミ容器のポリ袋に入っていても、ビン、カン類などは重量で判断がつき、一つ一つ袋から取り出して分別されます。被害者の骨は、まさにその重量のために燃えないゴミではないかと見られ、袋から取り出され、人骨ではないかと疑われることになったのです。

そして決定的な第二の誤算は、被害者の身元が判明した――それもきわめて早い時点で明らかになったことです。身元照合の決め手となったDNA鑑定のことは、むろん男Aは熟知していました。しかし、これは被害者の肉片と照合するサンプルがなければ不可能なはずで、それゆえに男Aは楽観していたのです。ところが彼にとって不幸だったのは、失踪する前日、被害者は妻の手で散髪をしていて、彼の自宅のゴミ箱には切り取った髪の毛――それもDNA鑑定ができる十分の量――が残っていたのでした。これも死体発見が早かったことによる誤算でした。もし、あと二、三日後だったならば、髪の毛は廃棄されていたでしょう。

こうして、警察はいとも簡単に被害者の身元を割り出しました。科学捜査技術の勝利といえます。しかし、警察は最初から殺人死体遺棄事件と予見したところから捜査をスタートさせてしまった。死体遺棄の状況等から見て、当然、怨恨（えんこん）による殺人事件と考えたのです。つまり、動機のある殺人です。その視点で捜査を進めるかぎり、真相は絶対に解明できるはずのないことは、いま僕がお話しした事件ストーリーからいっても明らかです。怨恨が生じようにも、何しろ犯人と被害者とは一面識もなかったのですから」

浅見はここまで話して、大きく息を吸い込んだ。

2

溝原武雄はほとんど表情を変えなかった。時折、半眼を閉じたように見えたが、眠ったわけでなく、瞑想（めいそう）や座禅に近い状態だったのかもしれない。聞いているのかいないのか、不安になることもあった。

「以上が、これまでに知りえたデータから解読した、事件ストーリーの概略です」

浅見は言葉を続けた。

「この推論から明らかなように、犯人の男Ａの条件は、第一に事件現場付近の住人であること。第二に広い敷地をもつ家に住んでいること。第三に家族がいないこと。第四に車の運転ができないこと。そして第五に、何よりも法医学に精通した人物である――といったものであることが分かります。しかも、その人物の地位や経歴からいって、警察の捜査対象からは除外されるような立場にあると考えていいでしょう。いかがですか、先生のお考えをお聞かせいただけますか？」

浅見は姿勢を正して、まっすぐ溝原を見つめた。溝原に「人の心の奥底までを見通す」と指摘された眼である。

溝原は穏やかな目を開いた。老人特有の濁りがあり、茫洋（ぼうよう）として捉えどころのない眸（ひとみ）であった。

「なるほど、いまあなたが言われた条件に当てはまる人間となると、そうそうざらにはいないでしょうなあ。さしずめ私なんぞは、まさにその条件を満たしている人物ということになるのだが……」

視線を外し、遠くを見る目になって、「しかし、気の毒なことではありますな」と言った。

「気の毒、といいますと？」

「いや、その犯人なる者がです。あなたのいまの話によると、交通事故といっても、道路に飛び出してきた側に過失責任がありそうな状況ではないのですか？　むしろ加害者側にとって災難といってもいいかもしれない。不幸にして、あなたが言われたような、もろもろの悪条件が重なったために、警察への届け出ができなかったというのも、まさに不運としか言いようがない。もし私が、裁く立場にある人間であれば、なんとか救済の方法を講じてあげたいくらいなものですな」

「その事件にかぎっていえば、おっしゃるとおりかもしれません」

浅見は頬が痙攣するほどの怒りと緊張を覚えながら言った。

「しかし、第二、第三の殺人を犯したことについては救済のしようがないでしょう」

「ほう、第二、第三の殺人、ですか……」

溝原ははじめて眉をひそめ、苦しそうに唇を曲げて、「聞かせていただきましょうか」と言った。

「第二の殺人の被害者・長谷幸雄さんは週刊『TIME・1』の記者で、いわば僕たちの同業です。長谷さんはたまたま、熱海のホテルニュータカオで女Bを見かけ、彼女に接近しようとしたのです。目的は、何かのスクープ記事を書くためだったのか、それとも、単なる儀礼的な挨拶をするつもりだったのか、はっきり分かりません。

というのは、じつは、長谷さんは去年の十月の半ばに、北海道の然別湖畔の温泉ホテルで男Aと女Bに会っているのです。その際、二人が一緒にいるところを目撃して、彼ら二人の関係に週刊誌ネタになるものがあると、長谷さんなりに直感した可能性はあります。いずれにしても、敏腕記者である長谷さんに急に接近された犯人側としては、単純な挨拶や、二人の関係についての取材だとは考えられず、当然、井の頭公園バラバラ事件の尻尾を摑まれたと即断したのでしょう。ことに女Bの場合は神経が過敏になっていますから、必要以上の警戒心を抱き、妄想に近い恐怖に襲われたにちがいありません。その結果、男Aも巻き込んで過剰に反応し、長谷さん殺害の暴挙に走ったものと考えられます。しかし、実際には、長谷さんが男A女Bを井の頭公園のバラバラ事件の犯人であると勘づいていたとか、怪しんだとかいうことはまったくなかったのです。ですから、女Bに井の頭公園に呼び出され、暗闇の中でいきなり背後から撲殺された瞬間、長谷さんはいったい何が起こったのか、信じられない想いだったにちがいありません」

浅見は長谷の死の瞬間を、自分に、そして相手にも疑似体験させるように、ゆっくりと間を取った。

「この殺人事件も犯人側と被害者側との接点はまったくない者同士です。去年の北海道での出来事など警察は知るすべもありません。警察は怨恨、行きずりの犯行の両面から捜査を進めているようですが、どちらの線からも犯人が浮かび上がってくる可能性はごく僅かです。

ここまでで終わっていれば、二つの殺人事件は完全犯罪として迷宮入りしたかもしれません。ところが、犯人側にとっても、被害者にとっても不幸だったことに、事態は悪い方向に進み、さらに第三の殺人が行われなければならなかったのです」

浅見が息を整えるあいだも、溝原はもはや観念したように目を瞑り、じっと動かなくなっていた。

「第三の被害者・末次真也子さんは女Bと顔見知りの間柄でした。ただしここ数年はたがいに行き来はなかったそうです。その疎遠だった関係が突然、緊密な——というより緊迫した関係になったのは、真也子さんが『不幸の手紙』を受け取ったことに原因がありました」

溝原は薄く目を開いて浅見を見た。その目に好奇の色を感じ取って、浅見はちょっと戸惑いを覚えた。溝原はことによると不幸の手紙のことを知らなかったのだろうか？

「真也子さんは不幸の手紙の差出人が女Bであることを察知して、女Bを難詰し、おそらくなにがしかの金品のようなものを要求したものと思われます。その要求の仕方がどのようなものだったかは憶測するしかありませんが、女Bはまたしても早トチリして、真也子さんに犯行を知られたと男Aに伝えたのです。そして第三の殺人事件が起きました。男Aは女Bに毒物を渡し、真也子さん殺害を指示しました。女Bは真也子さんの部屋を訪れ、隙を見て真也子さんのコーヒーに毒物を混入し、死に至らしめたのです」

　これですべて終わった——と、浅見は大きく吐息をつくのと一緒に、言った。

「以上が僕の書いた事件ストーリーです。いかがでしょうか、先生のご感想をお聞かせください」

「よく考えられたものですな」

　溝原は元の無表情に返っている。強靱な精神力の賜物だろうか、それとも諦めの境地に達したのか——。

「たしかに、あなたの話のとおりだとすると、三つの殺人事件は繋がっていますな。しかも、三人の被害者は個々にはまったく関連性がない。警察ではそれぞれの事件について捜査本部を設置して、横の繋がりがないまま、捜査を行っているにちがいない。このままだと、たしかに迷宮入りもありえますな」

「そうです。しかし、僕がこの推論を持ち込めば、警察も捜査方針を変えるでしょう。事件の全容が明らかになるのは時間の問題だと思っていただいていいと思います」

「そうそう、そのことが疑問でした。そこまで推論を完成させているのに、あなたはなぜ警察に通報しないのです？　そう、早い話、お兄さんに話すのがもっとも手っとり早いのではありませんかな」

「兄には言えなかったのです」

「ほう、なぜです？」

「それは……」

浅見は一瞬の躊躇い(ためら)の後、断固として言った。

「兄はあなたを尊敬しているからです」

「ははは、それはたいへん光栄だが、その言い方だと、まるで私を犯人と決めつけているように聞こえますな」

「そのとおりです。あなたは三つの殺人事件の共同正犯です」

浅見は人差し指をまっすぐに伸ばして、溝原の額に突きつけた。

「おやおや、つまり私が男Aというわけですか。するど、女Bとは誰のことですか？」

「それは……」

浅見はこの鉄面皮の老人を怒鳴りつけたいのを、辛うじてこらえた。

「天野奎那……この名前をご存じないとは言わせませんよ」

「いや、知りませんなあ」

「そんなはずはないでしょう。去年の秋、同じ日に然別温泉のホテルに泊まっているではありませんか」

「ははは、そう言われるからには、すでに宿泊者名簿を調べているのでしょうが、しかし同じ日に同じ宿に泊まったからといって、知己の間柄であるとか特別な関係であるとは断定できないのではありませんかな」

「……」

「あなたは何か勘違いしておられる。なかなか見事な仮説を立てられたが、ほとんどすべてが想像の産物にすぎないのではないかな。そんなことでは警察や検察は動きませんぞ。それとも、私を糾明するに足る物的証拠が何かあるのですか？」

絶対的理論で武装した学者の顔である。浅見は溝原の言うとおり、何かたいへんな勘違いを犯しているような不安に駆られた。

「証拠は、あります。このお宅の庭のどこかに。バラバラ事件の被害者・園山さんの内臓が埋められているはずです」

「ああ、さっきもそんなようなことを言われていたな。なるほど、それは疑って疑えないこともありませんか。となると、あなたの手には負えませんな。庭を掘り返すためには、警察が捜査令状を持参しなければならない。それには私に対する殺人・死体遺棄容疑について、しっかりした傍証を固めないといけません。もっとも、そんなことは先刻ご承知だろうけれどね」

溝原はまるで他人事のように、どこか楽しげに言った。

いまいましいが溝原の言うとおりだ。まずこの仮説を警察に納得させなければ、ことは前に進まない。しかし、その作業がひと筋縄ではいきそうになかった。これまで浅見が展開した事件ストーリーは、すべてが状況証拠と仮説によるものばかりだ。たしかに、この屋敷の庭を掘り返して、バラバラ事件被害者の体の一部を発見するのがもっとも手っとり早いのだが、その作業を行うまでの手続きが難しい。とにかく溝原は警察が一目も二目も置く法医学の権威なのである。まさにアンタッチャブルな相手だ。

「ところで浅見さん、あなたは結論として私に何をどうしろと言われるのかな？　こうして、警察にも知らせず、単独で訪ねて来られたからには、それなりの考えがあってのことではないのですか？」

不思議そうな目をして訊(き)いた。

「それは……それは、警察が動きだすより前に、先生に自ら身を処していただきたいと思ったからです」

「というと、自首をしろとでも言われるのですか？」

「そうですね、自首か、あるいは……」

「自殺ですか。なるほど、そういう考えもありますか」

溝原は頬を歪(ゆが)めるように笑った。

「いえ、僕はそうは……」

「いや、そう聞こえましたぞ。しかし浅見さん、自殺はいけません。自殺は正義にもとる。犯罪者は法によって裁かれ、自らの罪を償うべきなのです。とはいうものの、心情的にはあなたの気持ちも分からないではありませんがね」

溝原はあくまでも他人事のように話している。屋敷の庭に腐乱した胴体が埋まっているとは思えない落ち着き払った態度に、浅見の苛立(いらだ)ちはつのった。

「分かりました。それではおっしゃるとおり、法によって裁いてもらいましょう。警察を動かすことにします」

立ち上がり、一礼してから、さらに言い足りない気持ちを抑えきれずに言った。

「兄ははっきり言って、先生のご人格を過大に評価しているようです。いや、兄ばかりでなく、大勢のお弟子さんたちも同じ想いで、先生を神のように尊敬しているのでしょう。その先生が手錠を嵌(は)められ連行される姿など、誰も見たくないはずです。しかし、先生がご自分でそれを望まれるのなら、やむを得ません。では失礼します」

浅見は体にまとわりついた、もろもろの想いを脱ぎ捨てるようにクルリと振り向き、ドアに向かった。

「浅見さん」

いままでの平淡な口調とは異なる、追いすがるような声であった。浅見は身構えるように立ち止まった。

溝原はじっとこっちを見つめて、何か言いかけてやめ、しばらく間を置いてから「ありがとう」と言った。それから瞑目してわずかに頭を下げ、回転椅子の向きをデスクのほうに向けた。

（何を言おうとしたのだろう——）

浅見は溝原の背中に問いかけたい衝動に駆られながら、後ずさるようにして部屋を出た。廊下を軋ませる気配を感じたのか、客間から深井が出てきて、「あ、お帰りですか」と笑顔を見せた。

「どうですか、いい話を聞けましたか？」

並んで歩きながら言った。

「はあ、きわめて興味深い話を聞かせていただきました」

「そうですか、それはよかった。先生は近代日本の法医学体系を纏められた功労者ですからね。おそらく、まもなく文化功労者に選ばれると思いますよ。ＤＮＡ鑑定など、法医学のテクノロジーも日進月歩ですが、われわれは基礎的理論はすべて先生に学びました。そうそう、もし現代の最先端技術について知りたければ、私に聞きにいらっしゃい」

「ありがとうございます」

礼を言ったものの、浅見は二度と法医学の話なんか聞くものかと思っていた。

3

図体が大きいばかりで、建築美とはまったく無縁な三鷹警察署は、梅雨空の下で相変わらず冴えない表情を見せている。玄関を出入りする私服の捜査員の顔つきにも活気が見られず、事件捜査がさほど進展していないことを予感させた。

あまり歓迎されないだろうと思っていたのだが、谷奥部長刑事は「やあ、浅見さん」と笑顔で迎えてくれた。しかし、捜査がうまくいって機嫌がいいわけでなく、むしろその逆であった。谷奥は刑事課の部屋を出て取調室に案内した。ここのほうが静かでいいと言うのだが、鉄格子の嵌まった小部屋は、あまり居心地のいいものではなかった。

「バラバラ事件のほうですがね、浅見さんの提言を刑事課長が取り上げないのは、この前お会いしたときと同じ状況のままなのですが、だからといって、いい智恵があるわけでもないのですよ。捜査本部は手詰まり状態で困ってます。だったら浅見さんの説をとりいれればいいのにねえ。面子っていうのか、それとも課長が意地悪でもしているのか……」

最後の部分は声をひそめて言った。

取調室の壁には隣の部屋との境にマジックミラーが張られているし、どこかに盗聴マイクが埋め込まれているはずだ。いまは使われていないのだろうけれど、谷奥のようなベテラン刑事でも、無意識に気になるものらしい。

「じつは、今日伺ったのはその件についてなのです」

浅見は姿勢を正して、言った。これまでの浅見の、ちょっと八方破れのようなフランクな様子とは、少し違ったものを感じたのだろう、谷奥は（おや？——）という目で浅見を見直した。

「あれからいろいろなことがありまして、バラバラ事件の真相も、それに、長谷さんの事件と、もう一つ、世田谷署管内で起きたマンションで女性が毒殺された事件についても、僕なりに事件ストーリーを組み立ててみたのです」

「世田谷署というと、代田のマンションのあれですか?」

谷奥は驚いた。「それはまた、どういう?……」

「つまり、三つの事件はそれぞれ絡(から)まりあっているということです」

「えーっ……いや、井の頭公園で起きた二つの事件についてはともかく、世田谷の事件まで関係しているっていうのですか?」

ほとんど信じられない顔である。

「少し長くなりますが、聞いていただけますか」

「えっ、そりゃまあ聞きますが……」

谷奥は腕時計を見た。時間のないのを理由に、体よく断るつもりかな――と思ったのだが、そうではなかった。

「浅見さん、どうでしょうか。私だけで話を聞いてもなんだから、うちの課長にも聞かせて上げてくれませんか。どうも、私の口から言ったんじゃ、説得力がないみたいでね。ご本人に話してもらったほうが迫力があると思うんです」

「それはもちろん、僕のほうは差し支えありませんが、しかし、僕のような風来坊の話を、課長さんが聞いてくれますかねえ?」

「聞くと思いますよ……といっても自信はないが、捜査が行き詰まっていることは事実なんだから、民間人の話だって聞いて損はないでしょう。なんとか説得して、首に縄をつけ、手錠を嵌めてでも連れてきますよ」

最後のジョークは一段と声をひそめた。

しかし、取調室を出て行ったきり、谷奥はなかなか戻らなかった。やはり予想どおり説得に難航しているらしい。いちど拒否の姿勢を示した場合、テコでも動かなくなるのが警察官の通弊である。いや、警察ばかりでなく、検察も裁判所もひとたび決定を下したら最後、よほどの新事実が提示されないかぎり、金輪際、決定を覆すことはないと思っていい。その融通のなさが、自らチェック能力を失って、しばしば冤罪事件を引き起こす元凶になる。一審から最高裁に至るまで、判断を誤ったまま死刑の判決を確定させたことが、これまでどれほどあったことか。

三十分以上も経過して、谷奥は汗を拭き拭き戻ってきた。

「いやあ、頑固頑固。課長の石頭には驚きましたよ」

ぼやきを言いながら、しかし顔は笑っている。

「いろいろ難癖をつけられましたがね、最後には折れてくれました。間もなくここに来ますが、その代わり、浅見さんの身元について調べさせるが、それでもいいかと言ってました。民間人がそこまで事件に関わるのには、何か魂胆があるんじゃないかって、疑っているのですよ」

「えっ、それで、ほんとに調べるつもりなんですか?」

浅見は思わずたじろいだ。

「ええ、もちろん構わないと言いました。どこから調べたって、押しも押されもしない、優秀なルポライターですってね。それとも何か都合の悪いことでもあるのですか?　たとえば、殺された女性の恋人だったとか」

「いえ、まさか……」

「ははは、冗談ですよ」

刑事課長の根津は、部下を一人伴って、仏頂面で入ってきた。狭い取調室ががぜん息苦しくなった。椅子は三つしかないから、部下の刑事は立ちん坊である。まるで退路を塞ぐように、ドアを背にして立った。

「あなたが浅見さんですか」

名刺を覗（のぞ）き込みながら、根津は言った。少し小（こ）馬鹿（ばか）にしたような口ぶりである。どこの馬の骨とも知れぬやつが、このくそ忙しいのに——と思っているにちがいない。

「まあ、とにかく、その話っていうのを聞かせてもらいましょうか」

尊大に腕組みして、椅子の背にそっくり返った。

浅見は呼吸を整えてから、長い話を開始した。すでに一度、溝原に話しているから、頭の中の整理はさらに進んでいる。

まず第一のバラバラ事件だが、これについては概略を谷奥の口を通じて伝えてある。根津は（またそれか——）と鼻の頭に皺（しわ）を寄せたが、「男A女B」という仮名を使って、犯行の生々しい状況を話し始めると、根津は動揺の色を見せた。推論とはいえ、二人の犯人の行動や心理状態が手に取るように分かるだけに、谷奥から伝えた事件ストーリーとはまるで異なる迫力を感じたにちがいない。

しかし、こっちのペースに乗ったかと思って気を緩めたが、そう単純にはいかなかった。具体的に犯人の名前を「溝原武雄」と告げたとたん、根津は「なんだって?……」と怒鳴った。

「溝原武雄って、あの法医学の溝原武雄先生のことかね?」

「そうです、その溝原武雄氏です」

浅見はことさらに平然と答えた。

「冗談でしょう、あんた、あの先生は法医学の権威として警察にとってはトップクラスのＶＩＰですよ。そりゃ、たしかに井の頭公園の近所に住んでおいでで、私も一度ご挨拶に伺ったが、それだからって……ばかばかしい、話にも何にもなりませんね」

吐き捨てるように言って、席を立つ素振りを見せた。

「VIPだからといって、捜査の対象から除外していい理由はないと思いますが」

浅見は気負いなく、しかし不退転の決意を見せて言った。

「いや、理由はそれだけじゃない。だいたいあなたの言ってることは、全部が全部、想像と仮説の産物じゃないですか。何一つとして客観的事実がない。そんな夢を見たような話で、警察は動きませんよ。それとも、あんた、溝原先生に何か個人的な恨みでもあるんじゃないの？」

言葉遣いが乱暴になった。まるで被疑者を相手にしているようだ。「とにかく」と谷奥に顎をしゃくってみせて、「こういう愚にもつかない話を持ち込まないように、よく言っておきたまえ」と席を立った。

「まだ、第二、第三の事件について話していませんが」

浅見はめげずに言ったが、根津は「だめだめ」というように肩越しに手を振って、ドアの向こうに消えた。

「申し訳ない、やっぱりだめでしたね」

白けた長い沈黙のあと、谷奥はため息まじりに言った。

「いえ、僕のほうこそ説得力がなくて、ご迷惑をおかけしました」

「いやいや、浅見さんの話は説得力がありましたよ。前回聞いた時より、ずっと迫力があったし。私なんかは、本当にそうかもしれないって思えてきましたもんね。それにしても、まったく課長の石頭は……」

谷奥が言いかけた時、ドアが開いて、その石頭がヌッと入ってきた。根津課長はドアの隙間から顔だけ突き出すようにして、「浅見さん、よろしければ、応接室のほうへ行きませんか」と言った。満面の笑みである。

谷奥は悪い夢でも見ているように、キョトンとした目で、根津と浅見の顔を見比べている。

「谷奥君、きみはどうして肝心なことを言わなかったのだ。おかげで恥をかくところだったじゃないか」

「は？　何のことでしょうか？」

「また空っとぼけて……まあいい、とにかく浅見さん、あちらへ行きましょう」

「いえ、僕はここのほうがいいのです」

浅見は身を縮めてデスクにしがみつくようにして言った。

「それから、今日のことは兄には内緒ですので、どうぞご内聞にお願いします」

「お兄さん？……というと、どういう？」

谷奥は素朴に尋ねた。

「なんだきみ、本当に知らないのかね」

根津は呆（あき）れて、嘆かわしそうに谷奥を見て、言った。

「困った男だな、いま本庁に依頼して身元を調べてもらったところによると、浅見さんは警察庁の浅見刑事局長さんの弟さんだそうじゃないか」

「えっ、刑事局長さんの？……」

刑事局長といえば日本全国の刑事のトップである。警察の階級でいえば「警視監」。巡査から始まって、巡査長、巡査部長、警部補、警部、警視、警視正、警視長、そして警視監となる、とどのつまりみたいなものだ。兵隊の位でいうと中将か少将。この上は警視庁の警視総監と警察庁長官しかない。部外者の一般庶民から見ると、べつにどうでもいいようなものだが、階級至上主義の世界では絶対的な意味がある。

浅見が固辞するので、根津も諦めて取調室の固い椅子に座り直した。

「だけど浅見さん、こう言ってはなんですが、溝原先生はお兄上、局長さんにとっても恩師にあたる人ではないのですか？　たしか先生は東大で教授をされていたはずですが」

「ええ、そのとおりです。ですからこうして兄には内緒でこちらにお邪魔したのです」

「なるほど、そういうことでしたか……」

　根津はいっそう重い荷物を背負わされたというように、肩を落とし、「ふーっ」と大きく吐息をついた。

「ただ、根津さん、さっきも言いましたが、兄の恩師であろうと何であろうと、事件の捜査に私情を挟むべきではないのではありませんか？」

「もちろんそうですが……分かりました、どう対処するかは、今後、事実関係を調べた上で検討させていただくとしてです、ともかく浅見さんのお話というのを、全部聞かせていただきましょうか」

　浅見は長谷幸雄が殺された第二の事件と、末次真也子が殺された第三の事件について話した。長い話になった。根津もさっきまでのけんもほろろの態度とは一変して、熱心な聞き手になった。時折、質問を交え、要所要所をメモっている。その気にさえなれば、さすがに捜査の専門家である、鋭い指摘や疑問が飛んでくる。とりわけ、浅見の「推理」の根拠が何なのかについては、しつこいくらいに質問してきた。浅見はしばしば不安を抱かないわけにいかなかった。警察の捜査は基本的には物証に基づく証拠第一主義である。そうでなければ、起訴に持ち込んだ場合に公判維持が難しいのだ。それに対して、浅見はといえば、ほとんどが、よくいえば状況証拠、悪く考えれば思いつきのような推論ばかりといえなくもない。その話で、どこまでこの刑事課長を得心させることができるものか、浅見は自信がなかった。

浅見が話し終えて、しばらく沈黙の時間が流れた。根津は天井に視線を向けて、いま聞いたばかりの事件ストーリーを反芻するように、小さく頷く仕種を見せた。根津の頭の中にも三つの殺人事件の「物語」が浸透し根づいてゆくのを浅見は感じた。

やがて根津は首を振り、「分かりました」と言った。

「こういう言い方は失礼かもしれませんが、話としてはたいへん興味深いし、整合性もあるように思えます。しかし、事実関係や物的証拠が出てこない段階では、単なる話にすぎないわけでありまして。やはり今後の捜査次第ということになります。とくに、溝原先生をよく知るわれわれとしては、あの清廉潔白な先生が――と、心理的にかなりの抵抗があることも事実です。とはいえ、せっかく浅見さんがご努力なさった結果については、大いに参考にさせていただくことにやぶさかではありません。直ちに捜査会議に提案するにはいささか問題があるので、捜査主任などと相談した上で、とりあえず内偵を進めることになるかと思います。時間はかかるかもしれませんが、結果が出しだい、浅見さんにもご連絡させてもらいます」

「お願いします」

浅見は頭を下げ、「ただし、くれぐれも兄にはご内密に。それから、電話をいただく場合には、警察とはおっしゃらないでください。わが家には、母親をはじめ、いろいろとうるさい連中がおりますので」

「はあ……」

根津は呆れたような目で浅見を眺めた。いいトシをしたマザコン――とでも思ったのかもしれない。

4

根津刑事課長は「時間がかかる」と言っていたが、回答はその翌日に出た。須美子が呼びにきて「根津さんとおっしゃる方から」と言った時は、浅見ははじめての就職試験の結果を待つように胸がときめいた。

根津は憂鬱（ゆううつ）そうな声で言った。

「昨日来、調査した結果、残念ながら、浅見さんの推論は、きわめて基本的な点で成立しないことが判明しました」

「えっ、そんなはずは……」

浅見は驚くと同時に、警察に対する不信感が噴き出した。

「どうしてですか？　どうしてそんなに早く結論が出せるのですか？」

「いや、浅見さんがそう言われるのは分かりますが、ごく簡単な事実関係からいって、溝原先生の犯行と疑うのは無理なのです。つまりですね、長谷さんの事件のあった前後二週間、溝原先生はスイスのジュネーブで開かれた学会に出席されていて、日本にはおられなかったことが分かったのです」

「………」

浅見は言葉を失った。聞いてみれば、ばかばかしいほど単純な理由である。これなら、結論がすぐに出て当然だ。

「まあしかし、それはそれとして、残る二つの事件に関しての浅見さんのご意見は、それぞれの捜査本部に伝えるようにします。十分、参考になる内容ですので。もっとも、溝原先生が関与しているという部分については省かせていただきますが」

　根津は申し訳なさそうに言った。

「そうですか……どうもありがとうございました、お騒がせしました」

　浅見は礼と詫(わ)びを言って電話を切ったが、溝原の関与を抜きにした事件ストーリーなんて、ネタのない鮨(すし)みたいなものだ。もはや決定的な敗北であることは否定のしようがなかった。

　唯一(ゆいいつ)、考えられるのは、アリバイ工作である。犯行当日、東京とジュネーブとのあいだを往復して、あたかも不在であったかのように見せかける——というのは、推理小説でよく使われる手法だ。しかし、事件は突発的かつ偶然に発生したというのが浅見の推論である。第一、交通事故を計画し予定どおり実行するなどということは、ありえない。それも何の動機も殺意も持たない相手に対してである。


意気消沈した日々が流れた。

　世の中の動きは、政界の大変動や円高騒ぎなど止(とど)まるところを知らない。社会的事件のほうも負けじとばかりに、松本の毒ガス事件など、得体の知れぬ不気味な事件が相次いで起きている。井の頭公園の二つの事件も、代田のマンションの殺人事件も、新聞の片隅にさえ現れなくなった。

　梅雨は西日本は空梅雨で水不足のまま、どうやら平年より二週間も早く梅雨明け宣言が出るようだが、東京から北は梅雨寒のような天気がつづくかと思うと、カーッと真夏並の暑さがやってくる。北海道もやけに暑かったりやけに涼しかったり、気温の変動が激しいらしい。

　いままでは何の気なしに眺めていたテレビの天気情報だが、北海道の地図を見ると、特別の感慨が湧(わ)いてくるから妙なものだ。いまごろは日勝峠あたりはどうなのだろう——とか、然別湖のオシヨロコマ釣りは終わったか――などと、十勝地方の風景が脳裏に甦る。夏休みに入ったら、また幸福駅は賑わうのだろう。

「幸福の手紙か……」

原稿書きに倦んで、ぼんやりしながら、浅見はポツリと呟いた。

幸福郵便局から送られた「幸福の手紙」が、もしかすると第三の殺人事件――末次真也子が殺された事件の引き金になった可能性があるという推論は、結局、虚しい夢物語でしかなかったということか――。

それにしても、天野奎那が「幸福の手紙」に書いた「幸福のお裾分け」とは何だったのか？――。

奎那は「幸せの予感」とも書いているのだ。その二つの、まるで浮き立つような文面からは、たしかに北海道で幸せを見つけたような印象を受ける。

いや、そうなのだ――彼女は北海道で幸福の予感を抱く出来事に遭遇したにちがいないのだ。それがすべての事件の発端であることは、間違いないのだ――。しかし、その彼女が半年後、一転して同じ相手に「不幸の手紙」を送ったのはなぜだろう――。

浅見は萎えていた意欲と勇気が、ふたたび身内に復活してくるのを感じた。基本的には自分の推論は間違っていない。ただ、何か大切なものを見逃しているのかもしれない。

推論の迷路に行き迷ったとき、いつもそうするように、浅見は天野奎那の心情に身を委ねて、彼女が北海道でみつけた「幸福」の正体を見つけようと思った。

羽田空港を発った日本エアシステムの小さなジェット機が帯広空港に着陸したときの、緑の絨毯を敷きつめたような地上の風景が思い浮かぶ。グリュック王国の楽しげな佇まい。神田日勝記念館の風変わりな建物。半分の馬の絵。然別湖へ行く道――。

　浅見が見た風景を秋の風景に置き換えさえすれば、天野奎那の体験を疑似体験できる。然別湖畔はあざやかな錦繍に彩られて、碧い水は深くまで染まっていたにちがいない。画家である奎那は、その風景に出会っただけでも心ときめくものがあっただろう。

　その夜、竹内清堂の一行が泊まった温泉ホテルで、奎那は溝原武雄と会った……。

　そこまで辿ってきて、浅見は「あっ」と小さく叫んだ。

（ばかな――）

　自分の愚かさを頭ごと叩きのめしたい衝動に駆られた。

　机の上の帽子を鷲摑みにして部屋を出たところに、須美子がやってきて「坊っちゃま、ご年配の方からお電話です」と告げた。

「溝原さんが？……」

　浅見は足が停まった。

　溝原はひどく疲れた声で「先日はどうも失礼」と言った。須美子がすぐに「ご年配」と判断できたはずである。

「いえ、こちらこそ失礼しました。これから先生のお宅にお詫びに行こうと思っていたところでした」

「詫び……と言われると、浅見さん、間違いに気づかれたのかな？」

「はい、きわめて初歩的な錯覚といいますか、単純な思い込みに囚われていました。僕は長谷さんが北海道で先生に会ったことだけを重視して、目が眩んでいたのです。真相は文字どおり錯覚と背中合わせのところにあったのですね」

「そう、気づかれましたか……」

　溝原は少し沈黙した。こっちの心の内を読んでいるようにも思えた。

「だとすると、私が余計なことを申し上げるまでもないのかな。じつは、あなたにぜひおいでいただきたいと思って、電話したのですがね」

「承知しました、すぐに参ります」

「いや、おいでいただくのは夜がいい。そうですな、明日の夜中、午後十一時ではいかがです?」

「はあ……結構です、伺います」

「そうして下さるか。ただし、おいでになるのはお一人で。ひっそりと、忍び込むようにお越しいただきたい。それから、このことを警察に話すかどうかはあなたの判断にお任せします」

「警察にですか?　いえ、この際は警察は関わらないほうがいいのではありませんか?　先生もそうお考えだと思いますが」

「ほう……私が何をしようとしているのか、先刻、ご承知のように聞こえるが」

「たぶん、先生の責任において事件の決着をつけようとお考えなのでしょう」

「なるほど……」

　電話の向こうで苦笑する溝原の顔が見えるような気がした。

「どうも、あなたには勝てませんな。さすが陽一郎君の弟さん……と言っては失礼かな。彼に勝るとも劣らぬ天才です」

「とんでもありません。こんな簡単な錯覚に気づかなかった、まったくどうしようもない、お粗末な鈍才です」

「うんうん、その言たるや、またよしとしますか。錯覚は誰にもあるが、謙虚さは誰にもあるとはかぎりませんからな」

　溝原は含み笑いを洩らして、「では……」と電話を切りかけた。

「あ、ちょっと」と浅見は言った。

「一つだけ気になるのですが」

「ああ、私の身を案じてくれるのなら、その心配は無用です」

ガチャリと電話は切れた。

溝原はギャンブルに出た——と浅見は思った。そうしなければならない、老教授の苦衷(くちゅう)は、浅見には理解できる。浅見がもしその立場であったとしても、同じ道を選ぶだろう。ただし、それは異端だ。浅見の物の考え方が、世の「ふつうの」人々からすれば明らかに異端であるから、理解もし、同調もできるのだが、たとえば兄の陽一郎には、とんでもない選択にちがいない。

兄と同等か、それ以上に、アカデミックな道ひと筋を歩んできた溝原が、あえて異端を選ぼうとするのは、きわめて心許(こころもと)なく、不安に思えてならなかった。

溝原にはああ言ったものの、浅見は何度となく、兄に打ち明けるべきか否(いな)か、迷った。気心の知れた谷奥部長刑事にだけでも、伝えておくほうがいいのかもしれないとも思った。そのほか、須田刑事や中村典子など、この事件に関わった人々の顔が切れ切れに浮かんでは消えた。

しかし、溝原自身が選び、浅見もまた同じ気持ちである以上、溝原の選択は尊重されなければならないだろう。この事件に対して、溝原には浅見が考えているより、はるかに濃密な想いがあることは事実なのだ。その上で、あえてそうしようと思い定めたからには、それなりの思惑なり成算があってのことと信じるほかはないと思った。

梅雨明けを予感させる、暑い日であった。それからの三十時間は、じりじりするような想いで過ごした。翌日の夜、午後九時に家を出て、ずいぶんゆっくり走ったつもりなのに、十時前には吉祥寺駅付近に到着した。

　苦労して駐車場を探し、ソアラを置いて、時間つぶしに喫茶店に入ったり周辺を散策したりした。都心の盛り場ほどではないけれど、吉祥寺の夜は賑やかだ。といっても、一つ二つ裏通りに入ると、十時過ぎにはもう灯を消してしまう店が多く、人通りも途絶える。ここで交通事故を起こし、被害者を運び去ったとしても、目撃者がなかった可能性は十分ありそうだ。溝原が「十一時に」と指定した理由を、浅見は理解できた。現に、溝原家近くでは、人っ子一人、犬一匹にも遭遇しなかった。

　ジャスト十一時、溝原家の敷地内に入る。門はなく、左右にイチイか何かがびっしり繁(しげ)った植え込みのある私道を一〇メートルばかり行くと、そこはもう屋敷の前の広い庭である。左手の薄闇(うすやみ)の中に見憶(みおぼ)えのあるベンツC200が、ほの暗い夜の気配をボディに映して、ひっそりと眠っているように見えた。

　浅見は緊張して様子を窺(うかが)ったが、ベンツは無人らしい。屋敷にも明かり一つなく、そこにベンツのあることが、ひどく場違いな感じがする。

　ふいに、ザッザッという秘密めいた音が地面を伝わってきた。

（まるで墓掘りの音だ――）

　連想が走ったとたん、浅見はゾーッとした。迷信なんか信じないくせに、死体やお化けが怖い男である。しり込みしたい衝動に逆らいながら、足音を忍ばせて音の源に近づいて行った。

　大きなケヤキの幹に隠れて窺うと、三〇メートルばかり先に二つの人影がおぼろに見えた。一人はじっと佇み、一人はしきりに地面を掘っているらしい。ザッザッという音に、「はっ、はっ」というはげしい息づかいが混じる。「この辺のはずだが、暗くて……」と、かすれたような男の声が聞こえた。それに応える声はない。

　しばらくは「ザッザッ」「はっはっ」と二つの音の混合が闇を揺らしていた。

　グチャッという不気味な音と同時に、「あっ、ここだ……」と男は上擦った声を発した。「バケツを」と言い、もう一人が動いて、バケツらしい物を運んだ様子だ。

「おえっ」という、吐き気を催したような女の悲鳴がして、その場を離れる乱れた足音がひびいた。次の瞬間、猛烈な悪臭が浅見を襲った。浅見も声を発しそうになるのを、かろうじて抑え、立つ位置をまともな風下から少し外れる場所に移した。それでも、顔や全身に悪臭がまとわりついているようで、気持ちが悪い。

　闇の中の二人はふたたび作業を開始した。「物体」は新しい袋に入れたのか、悪臭はやんだらしい。

　ふいに背後から肩を摑まれ、浅見は悲鳴を上げそうになった。

5

　溝原の顔がすぐそこにあった。溝原は人差し指を立てて、発掘の行われている方角へ倒した。それからゆっくりと樹の陰を出て、歩いて行った。

「何をしているのかね？」

　その声がかかる寸前まで、二人は溝原の接近に気付かなかったようだ。「あっ、先生っ……」と、男は驚きの声を上げた。やはり、深井とかいったQ大の助教授だ。

「お帰りになったのですか？」

「いや、最初から関西へゆく予定はなかったのだ。気の毒だが、きみたちを試すために、罠を仕掛けたのだよ」

「それじゃ……」

「心配しなくてもよろしい、警察は来ていないよ。これから先どうするかは、あくまでもきみ自身の意志によって行動したまえ」

　その言葉の意味を推し量ろうとするのか、しばらくのあいだ沈黙してから、深井はオズオズと言った。

「あの、先生は、いったい何をご存じなのでしょうか?」

「何もかも――と言えばいいのかな。ここの事件も、第二、第三の事件の真相も、大方のことは分かっている」

「では、やはりこのあいだ来た浅見氏から、話をお聞きになったのですね」

「そのとおりだ。もっとも、彼は犯人は私だと思っていたようだがね。誰にしたって、ここに住んでいる人間以外の者が、深夜、家の中に死体を担（かつ）ぎ込み、解体し、庭を掘り返して胴体を埋める作業ができるはずがないと思うだろう。そう思い込んでいるかぎり、犯行は理論的に成立しない。しかし、気がつくのは時間の問題だ。いや、私自身は彼の話を聞いたとたん、きみの仕業であることに気づいていた。この家に勝手に出入りできるのは、きみと矢口君ぐらいなものだからね。しかし矢口君は北海道旅行には行かなかった。然別湖畔でこちらのお嬢さんと知り合うチャンスはなかったのだ」

　また短い沈黙があってから、「彼女には……」と、深井は苦しそうに言った。

「天野さんには罪はありません。すべて私の指示にしたがっただけです」

「違います」

　天野奎那は小さな声で、しかし強く否定した。

「私は私の自由意思でそうしたのです。結果は分かっていましたし、いまになって責任から逃れようとは思いません」

「いや、私はきみに何も知らせないで犯行の片棒を担がせたのだ。末次真也子さんにあの薬を飲ませるようにさせたのもそうだったろう。私は薬の効果については何も説明していなかったはずだ。きみは彼女が苦しみだしたのを見て、驚いて逃げ帰ったと言っていたじゃないか」

「でも、あの時だって、私には何が起こるか分かっていながら、言われるとおりにしたんです。知らなかったなんていうのは、自分に対する言い訳でしかありません。長谷さんの時だって、私はただ深井さんに、漠然とした不安を伝えただけで、どう処理するのか、すべて深井さんに任せて、責任を逃れることばかり考えていました」

「しかし……」

「まあ、待ちなさい」

溝原は低く落ち着いた口調で、二人のあいだに割って入った。

「その長谷さんの事件だが、彼がなぜ殺されなければならなかったのか、よく分からないのだがね」

「それは」と奎那が答えた。

「事故があってから何日か後、熱海のホテルへ行ったのです。伯父の絵をホールに飾るというので、招待してくれたのですけど、その時、長谷さんが声をかけてきました。長谷さんは『北海道で会いましたね。その後、法医学の先生とはうまくいっていますか』って言ったのです。然別レイクホテルで、深井さんと一緒だったところを見られたようでした。それから『このあいだ三鷹でも見かけたが、相当進んでいるようですね』と言いました。三鷹で見られたとすると、あの事故の夜しかないんです。マスコミは事件のことを交通事故らしいとか、犯人は法医学に詳しい者だとか報じてましたし、長谷さんはそれで、井の頭公園の事件を私たちの犯行と勘づいて、脅迫してきたのだと思いました。それから長谷さんは『私の知り合いの女性が不幸の手紙を貰（もら）いましてね』と、ひどく思わせぶりに言うのです。私は末次真也子さんのことだなと思いました」

「ほう、それはまた、どうして？」

「北海道旅行の最後に、幸福駅から手紙を送って、深井さんとの出会いを匂（にお）わせたのは、彼女だけなのです。浮ついた気持ちでそうしたというより、離婚なんかで落ち込んでいる末次さんを励まして上げようっていう気持ちが強かったのですけど、彼女はそう素直に受け取らなかったのか、むしろ悪意の皮肉と思ったのかもしれません。それっきりナシのつぶてでした。そのことには私も腹を立てていました。だから四月の頭ごろ、私のところに不幸の手紙が舞い込んだ時、それをヒントに、たった一通、彼女だけに送りつけたのです。幸福の手紙を無視されたから、今度は不幸の手紙――という、いやがらせの意味もありました。末次さんがなぜその不幸の手紙が私のものと見破ったのか分かりませんが、いずれにしても彼女は、その恨みを長谷さんに話したにちがいないのです。二人はグルになって私たちを脅迫しようとしている。そう思うと恐ろしくて、どうしていいか分からなくて……」

「それは違う、違うんです」

浅見はわれを忘れ、闇の中から一歩を踏み出した。近づくと、薄闇のヴェールを通して三人の白い顔が幽霊のように浮かんだ。

「あっ、浅見さん！」

反射的に、天野奎那は深井に寄り添い、深井はスコップを構えた。浅見は溝原の脇に並び立って言った。

「長谷さんが不幸の手紙の話を聞いたのは末次さんではないのですよ。中村さんという女性編集者からその話を聞いたのです。それは僕も聞いていますから、間違いありません。不幸の手紙は、それ自体、話題としても興味深いものですから、長谷さんはべつに何の魂胆もなく、ただの話としてあなたに喋ったのではないでしょうか。それから、三鷹であなた方を見たというのも、長谷さん一流のハッタリだったにちがいない。いや、あなた方と言いましたが、その『法医学の先生』というのも深井さんのことを指して言ったのではなく、溝原先生のことだったのですよ。長谷さんは然別温泉のホテルで、溝原先生のグループと竹内清堂さんのグループが、たまたま一緒になって、溝原先生と天野さんが親しげに談笑しているところを見ているので、その話をしたにすぎないのです。同じ場所にいたとしても、こう言っては失礼ですが、長谷さんの知識からして『法医学の先生』といえば溝原先生のことであって、深井さんのことは眼中になかったはずですからね。長谷さんは取材活動を通じて、溝原先生のことはよく知っていたし、たぶん三鷹のお宅にも行ったことがあるでしょう。もしかすると、先生が奥様を亡くされたことも知っていたかもしれない。そういう予備知識があるから、法医学の権威である溝原先生と、美人画家の天野さんという、ちょっとしたミスマッチは、週刊誌のグラビアにはうってつけのネタだと思ったのではないでしょうか。その証拠に、長谷さんは『三鷹で』と、溝原先生のお宅の住所を言っているではありませんか。それに、もし事故のことを匂わせるつもりなら、『吉祥寺で』と言ったはずです。もちろん、実際には何も見てなんかいません。ただカマをかけただけです。ところが、長谷さんがそう言ったとたん、天野さんは異常な反応を示した。それで長谷さんはピンときたのだと思います。これは何かある――と。といっても、もちろん事故や事件のことでなく、あなたと溝原先生の関係についてです。不倫というわけではないけれど、四十歳以上も離れた法医学者と画家の関係なら、スキャンダルネタとしても面白いと思ったのかもしれません。こうなったら、週刊誌の記者は執拗です。たぶん、天野さんの周囲に密着して、行動を監視しつづけたのではないでしょうか」

「ああ……」と、奎那は消え入るような声を洩らした。

「浅見さんの言うとおりです。熱海で会ってから、長谷さんは私を見張っていたみたいでした。あの事故のあと、私は伯父の家に行く以外は、ほとんど外出もしなかったし、もちろん深井さんと会うこともしませんでした。それでも、ときどき気がつくと、長谷さんらしい人の視線を感じましたし、一度は実際に長谷さんの姿をみかけました。もう恐ろしくて、それで深井さんに相談して、井の頭公園におびき出して、あんなことを……」

「きみのせいじゃないよ」と、深井は奎那の肩を抱いて言った。

「私が判断を誤ったのだ。もう少し冷静になって、長谷さんの真意を確かめてからでもよかったのに、そう考える余裕さえ失ってしまって……一つの犯罪を隠蔽しようとすると、第二第三の犯罪を誘発するなどと、学生相手には訳知り顔に話しているくせに、まったく愚かなことだ……」

「その第三の事件のきっかけとなったのは」と浅見は言った。

「やはり末次真也子さんからの恐喝だったのでし

ょうか?」

「ええ」と奎那が答えた。

「長谷さんのことがあったあと、彼女から葉書が届いたんです。そこには、短くこう書いてあったのです。『分かっているわよ、あなたの仕業だってことは。覚悟していなさい』と。それを見て、私は絶望的な気持ちになりました。末次さんは長谷さんと、不幸の手紙のことを話したりしている間柄なのだから、当然、私と深井さんのことや事故のことそれに長谷さんのことなどすべて知っていて、はっきり恐喝しようとしているのだ――と思いました。でも、浅見さんのお話だと、長谷さんと末次さんとは、知らない同士だったのですね」

「そのとおりです。末次さんは単純に、あなたから不幸の手紙を送られたことによって受けた精神的苦痛に対して、慰謝料を請求するつもりだったのですよ。もっとも、それは半分近くはジョークのつもりだったと思いますけどね」

「ええ、いまにして思えばそうだったのかもしれません。私が訪ねた時、彼女はいきなり不幸の手紙をテーブルの上に出して、『さあどうしてくれるの?』と笑いながら言ったのです。でも、それはいかにも居丈高な感じがしました。彼女がキッチンに行った隙に、私は無我夢中でコーヒーカップの中に薬を入れていました。それから……」

嗚咽が口を塞いだらしい。奎那ははげしくむせび泣いた。泣きながら「それから……」と話しつづけようとした。

それから何が起きたのかを思い出すのは、彼女にとってどれほどつらいことか。おそらく、ひたすら「指紋を残さないように」と呪文のように念じながら、あの部屋を脱出したにちがいない。そのうろたえぶりは、ドアが閉まりきっていないのに気づかないほどだったのだ。

「いいんだよ、もういいんだよ」

深井は幼児に言い聞かせるように、腕の中の奎那に言った。

「もう、すべて、終わった……」

絶望と諦めの言葉だが、奇妙な安らぎが込められているのを、浅見は感じた。虚飾も野望も捨て、戦う意志を放棄したとき、人間ははじめて、平穏に眠ることができるものかもしれない。

エピローグ

浅見光彦が軽井沢に来たのは、七月最後の金曜日のことである。東京から逃げ出したのはいいけれど、どこも宿が取れないので泊めてもらいたいと僕の家に転がり込んできた。何か、よほどいやなことでもあったのか、いつもの彼らしくなく、沈んだ表情であった。庭でキャリーと戯れている後ろ姿にも、どことなく哀愁の翳が感じられる。

テラスのパラソルの下でお茶を飲んでいる時も、会話がちっとも弾まない。はじめのうちは「借金取りにでも追われてるのかい？」などと冗談も言えたが、どうもそうではないらしい。曖昧に笑って、首を横に振るだけで、辛辣な反撃もなく、張り合いのないことおびただしい。

「おい、ひとの家に泊まりにきて、そういうつまらない顔をしているのはよくないぞ。何を悩んでいるのか話してみろ」

僕はたまりかねて厳しく諭してやった。

浅見は「すみません」と謝ってから、ずいぶん長い沈黙の末、「じつは」と、これまで紹介してきたような話をしたのである。

そうそう、溝原武雄が犯人二人を罠にかけた夜のことを、物語の中では触れていなかった。読者のために説明しておくと、あの日、溝原教授は深井に、二泊三日の予定で関西に出かけることと、留守中に三鷹署から屋敷内の庭を捜索したい旨の申し入れがあったことを話したのだ。

「何か遺留品がないかどうか、調べたいと言ってきた。連中は庭にバラバラ死体が埋まっているとでも思っているのかな」

冗談のようにそう言ったのだが、深井は震え上がったにちがいない。その話をする時、溝原は愛弟子(まなでし)の潔白を試す最後の望みを抱いていたのだが、深井の反応をひと目見た瞬間、浅見の推論が一〇〇パーセント正しいことを認めないわけにいかなかったのである。

　話すほうも聞くほうも、しんどい内容であったが、浅見の話はなんとなくしり切れとんぼのような具合に終わったので、僕は不満だったし、当然のこととして、二人の犯人がどうなったのか、その顛末(てんまつ)を尋ねた。

「内田先生には言いませんよ」

　浅見は冷たく断った。

「過去の例からいって、先生に話すと、あることないこと脚色して、小説に仕立てるに決まってますからね」

「いや、そんなことはしないよ。僕はただ純粋な好奇心をもって訊(き)いているだけだ。こっちの新聞にだって、井の頭公園の二つの事件のことも、代田のマンションで女性が殺された事件のことも載っていたからね。その事件がどうなったか知りたいじゃないか。しかし、事件が解決したっていう話は、たしか、まだ報道されていないと思うけど」

「ええ、公式には解決していません。警察はいまもなお捜査を継続していますよ」

「えっ、そうなの？　それはどういう意味だい？　公式には――というと、非公式には解決したってことなのかい？」

「まあ、そう考えていただいていいでしょうね」

「なんだなんだ、そんな意地悪な言い方をするなよ。僕と浅見ちゃんの仲じゃないの。頼むよ」

「いえ、いくら頼まれても今回はだめです。意地悪というより、話せないのです」

「というと、口止めされているんだ。そのなんとかいう法医学の先生……」

「溝原さんですか？　いえ、溝原さんは、どう処理するか、僕の思いどおりにしていいと言われましたよ。そう、あの二人に言ったように……」

　話せないと言いながら、浅見はチラッと真相の端っこを洩らした。

「そうなのか、溝原氏は犯人たちに対しても、彼らの自由意思に委ねたというわけか。そうすると、連中はいま海外にでも逃走中かな？」

「さあ……」

「さあってことはないだろう。それは浅見ちゃん、無責任ていうものだよ。事件の真相を解明したら、犯人を警察に引き渡すべきじゃないの。だいたい、これまでだって、きみが事件の事後処理を曖昧にするケースが多すぎるって、指摘する読者が少なくないんだ。まるで作者の僕が優柔不断でそうしていると誤解されるおそれもある」

「事実そうなのでしょう」

「おいおい、それを言っちゃ、おしまいじゃないか。まあ確かに、犯人の中には、警察に引き渡して罪を白日のもとに晒すにしのびない事情をもつ者もいたけれどさ。この事件の場合は、それほど同情すべき相手とは思えないな。殺害の動機にしたって錯覚と誤解そのものといってもいいくらいなものだ。そんなことで殺されたんじゃ、被害者は死んでも死にきれないだろう」

「じゃあ、先生はどうすればよかったとおっしゃるんですか？」

「まあ、常識的にいえば、警察に自首させるような方法を選ぶしかないだろう。まさか密告するわけにもゆくまい」

「ほら、だからそうしたじゃないですか」

「そうしたって……そうしたの？」

「溝原さんが深井氏に『きみ自身の意志に従って

行動しろ』と言われたでしょう。僕がそれに異論を唱えることはできませんよ」

「じゃあ、自首したのか……ん？　そんなはずはないな。だったら警察が捜査を継続しているわけがないじゃないの」

「僕は自首したとは言ってません。自首するかどうか、あくまでも深井氏と奎那さんの自由意思を尊重しただけです」

「というと、逃がしたってことか」

「彼らは逃げはしませんよ。逃げるような相手だったら、溝原先生もそんな処置を取るはずがありません」

「自首もせず逃げもせず……となると、それじゃ、自殺？……」

僕は暗澹とした想いで浅見を睨んだ。浅見は悲しそうに視線を逸らした。その視線の先の木漏れ日の中を、キジがのんびり横切って行った。浅見の足元に寝そべるキャリーの耳がピクリと動いた。時間が停まってしまったような、避暑地の昼下がりであった。

「浅見ちゃんはともかく、溝原氏までが自殺を黙認したのかい？　いや、黙認というより奨励というべきかな」

長い静寂のあと僕は訊いたが、浅見は肯定も否定もせず、キジが消えてしまった庭の一隅を、焦点の定まらない眼で見つめていた。

＊

岐阜県の岩屋ダムの底から乗用車が引き揚げられ、車の中から男女の死体が発見されたのは、それから一週間後のことである。免許証、名刺等からその二人は、かねてよりそれぞれの家族から別個に捜索願が提出されていた「深井尚司」「天野奎那」であることが判明した。

運転していたのは女性のほうで、運転を誤って転落したものと見られた。ダムに沿って走る道路はそれほどの悪路というわけではないのだが、技術的に未熟な者にとっては、やはり危険度の高いコースといえる。

新聞には天野奎那の伯父である竹内清堂画伯のコメントが載っていた。

――奎那は深井さんと事実上の婚約をして、この秋には結婚するつもりでいた。その矢先に行方不明になって、双方の親ともどもも心配していたことが現実になった。二人とも将来のある者同士であっただけに、残念でならない。

*

その翌日、前触れもなしに浅見が訪ねて来た。平塚亭の団子と葛桜(くずざくら)が土産だった。僕と浅見はテラスの椅子(いす)に座り、黙りこくって庭を眺めながら、ひたすら団子を食い、冷やした葛桜を食った。

夕方近く、雨になった。

自作解説

本書の『幸福の手紙』というタイトルは、かなり早い時点で決まっていたような気がする。編集者との打合せで北海道取材を決めたとき、「幸福駅を見よう」と思いついて、その流れで「それじゃ幸福駅から送られてきた手紙を、ストーリーの小道具にしたら……」というアイデアが生まれた。それが一転して「不幸の手紙」の連想に結びついた。プロローグでいきなり不幸の手紙が登場するのは、その成果（？）である。

「殺人事件」の頭に地名を冠した、いわゆる「旅情ミステリー」を別にすると、こんなふうに取材前に、プロットまではいかないにしても、タイトルや、ちょっとしたアイデアを思いついた例では『鐘』『平城山（ならやま）を越えた女』『斎王の葬列』『沃野（よくや）の伝説』などがある。これらはいずれも、題名ばかりでなく作品の中身までばくぜんと想定したか、あるいは憶測できそうな「予感」を抱けたのだが、『幸福の手紙』の場合は、幸福駅を材料にしよう——という、単なる思いつきにすぎなかった。したがって、思いつきどおりに「幸福駅」を使えるものなのかどうかは、かいもく見当がつかない。そもそも、取材前の時点では、幸福駅が帯広市の近郊にあるという程度の知識しかなかったのだ。

この作品を担当した実業之日本社の高中佳代子氏は、文芸編集部にくる前は「ブルーガイドブックス」という、旅行ガイドブックの編集部にいた。それだけに、その土地その土地の見どころや交通機関、宿はもちろん、ある程度の歴史にも詳しく、取材日程を組む手際(てぎわ)もよく、「旅情ミステリー作家」としては大いに助かる存在であった。このときも、帯広空港を起点に、グリュック王国から幸福駅、然別湖、層雲峡、芦別、旭川(あさひかわ)、富良野、札幌――と三泊四日のスケジュールに関して、間然するところがなかった。

しかし、前述したようなわけで、幸福駅のほかには、どこといってとりたてて言うほどの目的があったわけではない。いつの場合でも、とにかく現地に行ってみないことには何も始まらない。行けばなんとかなるだろうというのが、楽天家の僕のやり方なのである。そうしてそのあてのない旅の途中、想像を絶する「半分の馬」と遭遇することになる。

小説を解説から読んでしまうという読者がいるそうだから、「半分の馬」の正体を明かすわけにいかないけれど、その出会いの瞬間の、われわれの驚き具合は、作中に書いた浅見のそれとそっくりそのままだと思っていただいてよろしい。読者にとっても、「半分の馬を見た」という、いわばダイイングメッセージは、物語の牽引(けんいん)力としては、かなり効果的に作用したのではないだろうか。

創作に取りかかったとき、東京三鷹の井の頭公園でバラバラ死体遺棄事件が発生した。奇妙な事件で、警察の捜査は難航しそうであったが、僕は事件の報道を何度か見聞きした時点で、いろいろと想像をめぐらせ、ひとつの事件ストーリーを考えた。それがこの作品の軸になった。

浅見は事件の謎を解いたが、現実の事件のほうはいまだに解決されず、どうやら迷宮入りの様相を呈しているらしい。浅見と同じような仮説を樹てた捜査官がいるかどうかは知らないけれど、この作品で「解明」したようなことが、ひょっとすると真相かもしれないと、いまでも真面目に思っている。

『幸福の手紙』では三つの殺人事件が発生する。そのどれもが重要な「謎」であることはたしかだが、本書ではそれよりもむしろ「半分の馬」と「不幸の手紙」がメインの謎になっている。読者の多くがすでに看破されていることかもしれないけれど、僕の作品の特徴は、事件そのものの謎のひとつ、あるいはふたつ向こう側に、重層構造の謎がある点だと考えることができる。

たとえば『赤い雲伝説殺人事件』ではなぜ「赤い雲の絵」が盗まれたのかが謎であった。『死者の木霊』のプロローグでは、初老の男が鳥羽のホテルで何を見て驚いたのかが謎であった。指紋やアリバイといった警察型の捜査とはべつの次元の、多分に情緒的といえるような謎の提示によって、推理世界の奥行きを深めている。それは意識してそうするというより、そういう小説づくりが体に染みついてしまったというべきかもしれない。

だれが、なぜ、いつ、どうやって、だれを殺したのか——という、基本的な要素だけで構築したストーリーならば、現実に世の中で起きている犯罪のほうが、よほど面白いし、前述の井の頭公園でのバラバラ事件のように、ときには想像を絶する意外性に富んでいることもある。自称イヌの訓練士による連続殺人事件や、女性を殺し頭部を自宅の菜園に埋めた男など、まさに、事実は小説より奇なり——を地でゆくようなものだ。連続幼女誘拐殺人事件、オウム事件等々、スケールの点でも、僕の貧困な頭脳は遠く及ばない。いや、それ以前に、拒否反応が働いて、想像したり空想したりすることさえしないだろう。

しかし、どれほど奇妙であろうと大規模であろうと、現実の事件に致命的に欠けているのは「ロマン」である。そこへゆくと、幸い（？）なことに、小説では、血なまぐさい事件でさえも、ロマンによって彩り、飾ることができる。

逆にいえば、ロマンのない単なる犯罪小説は「クリープをいれないコーヒー」よりも無味乾燥だ。また、たとえどんなにあざやかな密室トリックであろうと、緻密なアリバイ工作が施されていようと、奇想天外な仕掛けが構築されていようと、それだけでは謎解きゲームでしかない。犯罪や謎解きが小説でありうるためには、作品全体を覆い、あるいは貫いているロマンがなければならない――というのが、僕が小説を書く上での基本的なスタンスである。

もっとも、こういうのは推理小説としては亜流なのかもしれない。本格的な推理小説というのは、謎や騙し(だま)の仕掛けのあくなき提示であるべきなのかもしれない。クリープを入れないストレートのコーヒーこそが真のコーヒーだ――とするピュアなコーヒー党員の意見には、クリープに砂糖を入れるエセコーヒー愛好家は、グウの音も出ないのである。

一九九六年九月

内田　康夫

この作品はフィクションであり、文中に登場する人物、団体名は、実在するものとまったく関係ありません。
また、市町村名、風景や建造物などは執筆当時のものであり、現在の状況と多少異なっている点があることをご了解ください。

（編集部）

本作品は一九九四年八月、四六判単行本として小社より初版発行されました。
以降、次の判型で順次刊行されています。
ノベルス判　一九九六年十月　ジョイ・ノベルス
文庫判　一九九九年二月　新潮文庫
　　　　二〇〇五年三月　光文社文庫
このたびの刊行に際しては、光文社文庫版を底本としました。

幸福の手紙　新装版

二〇一七年七月二五日　初版第一刷発行

著者　内田康夫
発行者　岩野裕一
発行所　株式会社実業之日本社
東京都目黒区大橋一-五-一
クロスエアタワー八階
〒一五三-〇〇四四
TEL　〇三(六八〇九)〇四七三(編集)
〇三(六八〇九)〇四九五(販売)
振替　〇〇一一〇-六-三二六
印刷　大日本印刷株式会社
製本　大日本印刷株式会社

http://www.j-n.co.jp/

ISBN978-4-408-50558-9（第二文芸）